Author
寺王
Illustration
由夜
JN109349
の奴隷が
The Slave of the "Black Knights" is
ホワイトな冒険者ギルドに
Recruited by the "White Adventurer's Guild" as a S Rank Adventurer
引き抜かれてSランクになりました
4

The Slave of the "Black Knights" is
Recruited by the "White Adventurer's Guild"
as a S Rank Adventurer

CONTENTS

4

ブラックな騎士団の奴隷がホワイトな冒険者ギルドに引き抜かれてSランクになりました 4

寺王

OVERLAP

イラスト／由夜

第七章

復讐は蒼き海を越えて

The Slave of the "Black Knights" is Recruited by the "White Adventurer's Guild" as a S Rank Adventurer

4

第一話　彼女たちから託されたもの

「むちぅ～！」

シーラが謎の効果音を発しながら迫ってきた。

柔らかそうな桃色の唇を突きあげながら俺の顔を目掛けてきている。その端正なパーツの一つである瞼《まぶた》を閉じた、油断しまくりの顔で。

遠慮なく無防備な顔の額にデコピンをする。

魔力は乗せていないのでごく平凡な威力だ。それでもペチッという音が鳴ったのでそこそこ痛いだろう。

「はぅっ！」

シーラが両手で額を押さえながら両膝を曲げて座り込んだ。

予想通り、多少は痛かったよう。

「な、何するのよ～!?」

「こっちのセリフだ。来て早々なんだよ……？」

俺は呼ばれてクエナの家まで来ていた。

出迎えた赤毛の少女――クエナに連れられてリビングまで行くと、隠れていたシーラが迫ってきたのだ。

人様の家では探知魔法など使わないので、物陰から急に現れたら恐怖でしかない。

「だってだって！　クエナにはキスをしたのに私にはしていないじゃない！　不公平よー！」

ブーブーと頬を膨らませながらシーラが拗《す》ねる。

きっと、Sランク試験での『ご褒美』のことを言っているのだろう。

「それならおまえにだってしたじゃないか」

「額にね！　でもクエナとは唇だったじゃないのよ！」

デコピンで少し赤らんだ額を強調しながら不満顔で言ってくる。

「いや、それはだな……」

事故。なのだが。

気恥ずかしさから口がどもる。

俺の後ろで待機していたクエナが咳《せき》払いをした。その顔は赤く染まっていて、彼女も恥ずかしがっているのが分かる。

「そんな話をするためにジードを呼んだんじゃないでしょ」

「むぅ。まぁそうだけどー」

「そういうこと。それじゃあジードもシーラも座って。ほら」

うまいこと話題が逸《そ》れたみたいで助かった。

シーラに迫られるのは心臓に悪い。性格はやや常人とは乖離《かいり》しているような気がしなくもないが容姿は抜群に美しいのだから。

「それで用件ってなんだよ？」

クエナに言われるがまま全員が着席して、俺から話しかける。

「それは本人の口から直接ね」

「本人？」

首を傾《かし》げる。

不意に別室からスフィが現れた。

緑色の髪を持つ、俺とは恐らく十は歳《とし》が離れた愛らしい少女だ。

真・アステア教を率いており、最近は巷《ちまた》の噂《うわさ》にのぼることも多い。その活躍と影響力は日に日に増しているようだ。

そんな彼女が両腕で大事そうにボロボロの剣を持っていた。

「久しぶりだな」

なんとなく、彼女が話したいことは理解できる。

だが、それよりも先に俺は挨拶から入った。

ペコリとスフィが一礼する。

「お久しぶりです、救世主様。以前はとてもとても助けられました」

年齢に相応《ふさわ》しい、たどたどしい口調だ。

「いいさ。気にするな」

「あれ以降はどうお過ごしでしたか？」

「どうって。まぁ、色々あったな」

話せることはたくさんある。しかし、スフィが俺を逃がさないよう詰め寄っているため、気になって話の内容がまとまらない。年相応の華奢《きやしや》な身体《からだ》からは想像できないほどの圧力を感じる。

スフィの纏《まと》っている雰囲気はさながら獅子《しし》のようだ。

「ほう。色々と。是非ともお聞かせ願いたいです」

「……まぁ、それはいいから。どうせその剣のことなんだろ？」

俺の言葉に突かれて、スフィがビクリと身を震わせて立ち止まった。

ドンピシャのようだ。

スフィが渋々と堪《こら》えながら頷《うなず》く。

「はい……その通りです」

「俺に受け取って欲しいと？」

「はい。是非とも、何卒《なにとぞ》ジード様に」

以前もこのような話をされたのだ。

スフィの持っている剣は何やら曰《いわ》く付き……といっては邪悪なものに聞こえるが、かつての勇者が使っていたとされる聖剣だ。

どうやらその適性が俺にあるとスフィは考えているらしく、預けたいとしきりに頼み込んでくるのだ。

「前にも言ったが俺は剣を扱えない。それに宿暮らしだから置いておける場所もないんだ」

俺の泊まっている宿は冒険者御用達《ごようたし》の節がある。

だから、その日暮らしであったり悠々自適に諸国を放浪している輩《やから》であったりが、勝手に許可なく邪魔な荷物を宿に置いていくのだとか。

そんなこともあって宿では持ち主の許可なく物を捨てられることがある。

結構気に入っていた白い仮面も捨てられていたし……まぁその豪胆さがなければ冒険者を相手に商売をしようとは思わないのだろう。

「で、ですが、この聖剣はジード様のお近くにあるだけで覚醒すると思うんです……！せめて身近に置いていただけるだけでも……！」

スフィはソリアと同じく多忙な身の上なのだろう。

常に俺の近くにいる訳にもいかないはずだ。

だからこそ、なんとか持っていて欲しいと。

年端もいかない少女が必死にお願いしてくる姿は健気《けなげ》だ。そして、その頼みにはなるべく応《こた》えてやりたい。

(しかし……)

下手に受け取って、どこかに無くしてしまえば、それこそスフィの迷惑になる。

かといって愛用できるかと言われれば微妙なところだ。鞘《さや》からしてボロボロで今にも壊れそうに見える。俺自身も剣は扱えない。

(なんとかしてやれないかなぁ)

うーん、と腕を組んで考える。

新しく家を買うか……？　剣を磨いてもらう……？　剣を扱えるよう鍛錬する……？

ふぅむ。

そんなことで頭を悩ませているとシーラが手を挙げた。

「あ、じゃあ私が預かっておこうか？」

「それ預かる場所は私の家よね」

シーラの言葉にクエナが咄嗟《とっさ》にツッコミを入れた。悪びれる様子もなくシーラが首を傾げた。

「そうだけど？」

「預かってるの実質私じゃないの……まぁいいけど。うちにあった方があちこちを飛び回ってるジードも受け取りやすいだろうし」

「ほ、本当ですか!?　それでしたら凄《すご》く助かります……！」

そう言いながらスフィがシーラに聖剣らしきものを手渡した。

受け取ったシーラが「任せなさ」まで言って押し黙る。

「どうしたのよ？」

その怪訝《けげん》な姿に思わずクエナが尋ねた。

スフィも不思議そうにしている。

「――私の中の邪剣がアレルギー反応を起こしてる」

そういやコイツ、そんなものも飼ってたな。

見ればシーラの腰に携帯している剣が暴れているように見えなくもない。

なんとなく黒い魔力が安定せずフワフワしている。

「シーラ、大丈夫なのか？」

「うん。私自身に問題はないみたいだけど、ちょっと不思議な感覚かも？」

身体の裡《うち》に邪剣を飼っているやつに、今更不思議な感覚とやらがあるのだろうか。

「無理そうなら別にいいんだぞ。それなら俺の方でなんとか考えてみるし」

「別に相容《あいい》れない存在ってわけじゃないみたいだから無理じゃないわよっ。任せて！」

言いながらデカイ胸を張る。

視線を下手に向けることもできないので、なんとか目と目を合わせる。

「そうか。なら頼んだ」

「ふっふーん。その代わり場所代は頂くわよ！」

「預かる場所は私の家だけどね」

場所代とやらは納得がいかんでもない。

だが、預かる場所はツッコミ通りクエナの家なのだから、渡すべきはクエナにではないだろうか。

あるいは仲介料的な意味合いがあるのかもしれないが……

「まぁいいだろう。いくらだ？」

「ジードの唇～！」

またもやシーラが不意打ちを仕掛けてくる。

こいつ本当に。

「Sランクになったらな」

今度は幼児のようにモチモチした白い肌の頬を左右から押した。

「むぐうっ！」

少し変な顔になるが、それでもやはり可愛《かわい》いのが悔しい。

◇

「そういや、どうしてスフィがいたんだ？」

不意に浮かんだ疑問をクエナとシーラに向けた。

すでにスフィはこの場に居ない。

聖剣をシーラに預けて礼儀正しくお辞儀をした後に「私は用事がありますので、これにて失礼します……！」と外に出て行った。

ちなみにシーラも聖剣を置きに部屋を出ている。

場は落ち着いてクエナがお茶を用意し、二人して座っている。

「冒険者カードでスフィから連絡が来たのよ」

「え、そんな便利になってるのこれ」

思わず冒険者カードを取り出す。

相も変わらずな形だ。用途も昔と変わっていない。……少なくとも俺は。

「何回かアップデートがあったわよ。といってもギルドで冒険者カードを取り換える必要があるけど」

「そうだったのか……」

そんな説明受けたような、受けなかったような。

「俺も取り換えるかなぁ……」

「そうした方が良いわよ。こんなに便利なのに無償だし」

森に住んでいた頃じゃとても想像のできない代物だ。

まぁ、昔に比べて魔法関連技術は爆発的に発展しているなんて話だし、近い未来には更に伸びているのだろう。

「ニュースくらいしか見ていなかったけど、連絡が取り合えるならもう少し使ってみるかな」

「そうね。そうすると良いわよ」

ふと、クエナが思い出したように言う。

「そういえばウェイラ帝国がまた開戦したみたいね」

「ああ、東和国だろ?」

大陸とは海を隔てたところにある国だ。

あまりこちらとは関りを持っていなかった国との開戦ということで大きなニュースになっていた。

「ええ、そうよ。東和国にユイが狙われたから報復で……ってね」

その開戦の発端が世の注目を集めた。

将軍級であるユイを狙った犯行はウェイラ帝国にとっては由々《ゆゆ》しき事態なのだろう。

「すごいよな。ウェイラ帝国も連戦して良くもつもんだな」

俺もかつては国の騎士団に所属していた。

だからこそ分かる。

長い戦いは騎士団の士気低下に繋《つな》がり、国全体も疲弊する。

ウェイラ帝国は異常だ。

あれをずっとやってきて、しかも大勝を何度も挙げているのだから。

旧クゼーラ騎士団に在籍していた身としては、とても想像ができない。

「まぁ幾つかの理由はあるわね。今の帝国の民衆は生まれた時から戦争に明け暮れていた世代だし、報酬も十分に手厚いし」

「それでも人も資源も無限じゃないだろうに。特に魔族の時は全戦力を挙げてるって感じだったぞ」

「ええ。けど今は安定を取り戻しているから、いつもどおり多方面に展開している。とは言っても魔族領方面は一進一退で油断できないみたいだけど」

戦略には通じていないが、そのタフネスと器用さが普通でないのはなんとなく分かる。

仮に俺が一番上に立った時のことを想像してゲッソリする。あっちやこっちに手を出して、それでいて成果を出している。内政にも注意を払わなければいけない。……ルイナもよくこなせるものだな。

「勝てそうなのか？　東和国にウェイラ帝国は」

「戦力の規模はウェイラ帝国が上回っているわよ。それに東和国は疫病が流行《はや》っているみたいだし」

「疫病って？」

「野生児のジードには関係ない代物ね。病気よ、病気。人が魔法をかけられたわけでもないのに弱体化するというイメージをすればいいわ。それが伝染するの」

「回復魔法を使えばいいじゃないか」

「適するものがあれば、ね。でも東和国の疫病は十数年前からずっと流行ってるって話よ。強力すぎてどうすることもできないんじゃないかしら」

「ふむ……」

「ま、ワクチンの作成は門外漢だから私も分からないけど」

肩を竦《すく》めながらクエナが言う。

色々と大変そうだな。

伝染するならウェイラ帝国も近づかない方が良いと思うが、それは東和国が近づいてこない前提での話だ。今回はユイが東和国から狙われたようだし、それはムリな話か。

だからあえて攻め入って疫病ごと攻略してやろうというのか。

「話を聞けば聞くほどウェイラ帝国はタフだな」

「それがあの国の良いところでもあり、悪いところでもあるわね。異様すぎるもの」

どこか懐かしむようにクエナが言う。

母国だから思うところがあるのだろう。かといって、その話題を掘り下げるのも彼女に悪いか。

クエナはウェイラ帝国を自らの意思で離れたのだから。

「それじゃ、そろそろ俺も帰るよ」

「ん、そうね。シーラが戻ってうるさくなる前にね」

「ああ。あいつ俺の顔を見るたびにキスキスうるさいからな」

冗談……のつもりで肩を竦めながら言ったつもりだった。

が、それはあまりにも無神経なことに気づいた。

クエナと互いに顔を真っ赤にさせて視線を逸《そ》らす。

あの時のことを思い出したのだ。――事故とはいえ唇を重ね合わせた時のことを。

泰然自若を演じながらも、やはり内心は思い出すだけでドキドキと胸の鼓動が速くなる。

「じゃ、じゃあ行くから」

「そ、そそそ、そうね……！　早く行きなさい……！」

ダメだ。

ちょっとした切っ掛けでもこの状況は、非常にマズい。

クエナもあたふたと両手を振りながら動揺しているようだった。

◇

帰宅――といっても宿だが――途中、ふと気配を感じる。

それは通りすがりと言うには粘着質に俺の背後を一定の間隔で付いてきている。

もう夕暮れだ。太陽が地平線に呑《の》まれる寸前の数分、あるいは十数分。

大通りを歩いているが、彼らもそれでは何もできまい。

(……しかたない)

このまま宿に付いてこられても面倒だ。

探知魔法を使用して適当に見つけた裏路地に入って行く。付いてきている連中以外、人がいないのは確認済みだ。

「出てこい。なんのつもりだ」

声をかける。

息を潜めていた男達《たち》が姿を見せた。

着ている服や容姿は平平凡凡。あるいは景色に溶け込むほどに一般的といえる。だからこそ彼らの力量や技術は高いものであると推察できる。

「……お命ちょうだいします」

全員が小刀を取り出す。

その形状は見たことがある。たしかユイが持っていたものだ。

「――一声かけるなんて優しいじゃないか」

それはバカ真面目と褒めるべきか。礼儀や道徳のようなものが先んじたのだろう。

数にして五。

それは正面だけの数。

後ろから三人。それらは気配をうまく隠して俺に迫っていた。

声をかけてきたのはブラフか。

だが。

「ぐっ⁉」

「はがっ！」

まずは後ろの男達だ。

こめかみ。あご。みぞおち。

速度はこちらの方が断然速い。

隙を突いて来た前方の五人も同様だ。

一人残らず倒す。

弱くはない。が、強くもない。ギルドのランク制に当てはめるならCかBランク程度だろう。ベテランか、一歩抜きん出た努力をした若手だ。……そう考えると強いのか？

まぁ、そんなこと今はどうでもいい。

「おまえ達、どうして俺を――」

「……まだだ」

四人は立ち上がった。

気管を圧迫したり、あるいは急所となる部分を突いたりしたのだが、それでも立ち上がってくるか。

かなり苦しそうだが気合は入っている様だ。

不自然なのは他の四人か。ピクリとも動いていない。あまりにもギャップがありすぎる。

いや、これは。

立ち上がった四人が小刀を震わせながらも俺に向ける。先端から毒のような液体が垂れている。

「――ちっ」

嫌な瞬間を目撃していたようだ。それに気づかず放置してしまっていた。

肩口。膝。頸椎《けいつい》。

迫ってくる四人を今度こそ行動不能にする。

それと同時だ。

「あがッ!?」

一人一人の口の中に手を突っ込む。

奥歯を抜き取る。嫌な音と血が飛ぶ。

（……これは）

不自然に丸められた詰め物がはめ込まれていた。

割ってみると、紫色の液体がドロリと染み出す。おそらくこれも毒だ。

「ここまでして何がしたい？」

四肢を地面に転がした男達に尋ねる。

襲ってきた四人の息はあるようだが、他は既に死に絶えてしまっている。丸薬を舌で取り出したのか、嚙《か》み砕いたのか。どちらにせよ毒を飲んでしまったのだ。苦しむ姿がなかったのは即死性のものだからか。

彼らは相当な覚悟と共に俺を殺しに来たことが窺《うかが》える。

「……殺せ！」

「むりだ。答えろ」

これは明らかな殺意と覚悟があってのものだ。

ただの殺し屋ではない。何らかの組織的な犯行だ。

だからこそ俺の問いには容易には答えない。

「……──！」

男は死んでも口を開かないとばかりに歯を噛み締めている。

不意に思い出す。

俺を襲う直前に『……お命ちょうだいします』なんて言っていたことを。

俺の考えが正しければ。

「人を無差別に殺そうってのか？　とんだ極悪人だな」

「──誰が！」

俺の方を睨《にら》みながら過剰なまでの反応を示した。

予想通りだ。

彼らなりの道理はあるようだ。ただ無差別に襲ったとなると、それはきっと彼らにとって不名誉なことなのだろう。

男が続けた。

「我々は東和国の者だ！　貴様を殺す……！　それが目的であって無差別ではない……！」

殺すって。

結局、極悪人なんじゃないだろうか。

それは良いとして。

「結局は無差別じゃないか。俺は事情を知らない一般人だ。巻き込んで殺すだなんてな」

「事情を知らないだと!? 抜かすな！ 一般人などとほざきおって……！ 貴様がユイの関係者であることは割れているんだぞ！」

「ユイ？」

「旧五頭任家の生き残りのユイだ！ 知らんとは言わせん！」

東和国と戦争しているそうだから、まぁ間違いなく彼女だろう。

そういえば家族が皆殺しにされたなんて話をしていたな。

「まぁ知らんでもないが。なぜユイを狙う？」

「……やつら一家は東和国の『和』を乱そうとしたからだ」

それは、するりと口から出てきた。きっと彼らが重んじるものなのだろう。追い詰めずとも、問えば普通に答えていたと思える。

それほどのアイデンティティ。

「和ってなんだよ」

「……協調だ。大陸のように争ってばかりのバカにはなりたくないんでな。強い結束をもって東和国は存在する。そして、それは全ての困難を打破する力となるのだ！」

「へぇ」

適当に相槌《あいづち》を打つ。

しかし、実際のところなにが言いたいのかよく分からん。

そんな感じのものがあるってことだろう。

だが。

それ以上のことは聞いても答えてはくれなかった。これ以上は俺の役割ではないということか。仕方ない。

俺は崩壊を経て今はまともに生まれ変わった王国騎士団へと男達を送り届けておいた。

◇

東和国の暗殺者に襲われた、夜。

宿に来訪者が現れた。怪しいフードに身を包んだ二人組だ。

扉をノックされて開けた時はまた狙われるのかと思ったものだが、二人の発する魔力の波長は見知ったものだった
二人がフードを取る。

どちらも見知った顔だ。一人は桃色、もう一人は茶色の長い髪。

「ソリア、フィル。どうしたんだ？」

「お、おおお、おう。中に入っても良いかっ？」

「ああ、そうだな。何もないが、どうぞ」

「お、おおおおお、お邪魔しますねっ、ジードさんっ！」

久しぶりに会ったからか、ソリアは前のように戻ってしまっている。

しかし、フィル。おまえは別だ。

「し、しししし、失礼するぞっ」

フィルは前までこんな症状なかったはずだ。一体なにがあったのだろうか。

とりあえず二人を中に通して、ベッドやら椅子やらに座らせる。

「それでどうしたんだよ。わざわざフードなんかして」

「フ、フードはだな。あれだ、私達は知名度もあるしだな。顔を出すと人々が集まってきてだな。あ、ある程度は隠しておかなければいけないんだ」

「なるほどな。その挙動不審な口調以外は納得した」

ここらには普通の店や宿、家がある。彼女らのような著名人が迂闊《うかつ》に顔を出すわけにはいかないのだろう。

たとえばクエナの家がある一等地あたりだと人通りは少ない。あそこだったら顔を隠す必要もなくなるのかもしれない。

（しかし……）

フィルが顔を合わせてくれない。

こうして会話をしていても明後日《あさって》の方向を見ている。

ただ横顔から頬は照れ臭そうに赤らんでいるのだけは見て取れた。

「なぁ、フィル。おまえ――」

どうして目を合わせないんだ？

「――そんなことよりも、だ！　今日は大事な話で来た」

俺の問いよりも強い口調でフィルが言う。

「大事な話？　どうかしたのか？」

ソリアが真剣な顔で口を開く。

「どうやらユイさんに関連する人々が狙われているようです。私達《たち》も先日、襲撃に遭いました」

「ああ、俺もだ。ついさっき襲われた」

「!?　大丈夫でしたか!?　お怪我《けが》などは……！」

ソリアが立ち上がって近寄る。

きっと聖女として、回復魔法の使い手としての習い性のようなものだろう。

「いや、大丈夫だ。何人かは自害してしまったが残りは騎士団に突き出しておいた」

「そうですか……あっ、し、失礼しました……！」

距離が近いと今更ながらに感じたのかソリアが離れる。

……やりづらいな。

橋渡し役としてフィルがいるのだが、彼女もよそよそしい。フィル、そんな乙女みたいな顔をするな。こっちをちらちら窺うな。顔を赤くするな。

理由は分からんが、かつてのソリアを思い出すほどに重症だな。

「……どうしたんだよ、おまえ」

「な、なんでもない！　約束とかそんなもの覚えてなんかいないからな!?」

「約束……？」

しばらく思い返してみる。

「ああ、試験の件か。あれはだな」

Sランクになったらキスをする。

だが、それはクエナとシーラに限った話で別におまえと交わしたつもりは……。

そんなことを言おうとしてフィルが剣を持ちだしてきた。

「うるさい！　今はそんなことどうでもいいだろう!?」

「そうか……」

「そんな残念そうな顔をするな！　私はべつに……！」

フィルが続きを言おうとして躊躇《ためら》う。

たしかに残念には思う。補足も弁解もさせてくれないから。このままの状態が続くのはイヤだからだ。

けど、これ以上はきっとマジで凶器を振り回してくる。それは避けておこう。

「それで、心配して来てくれたわけじゃないだろ？　それだけなら冒険者カードで連絡できるからな」

「え、冒険者カードで連絡を取り合えるんですか!?」

「ああ。ギルドで最新のカードと取り換えればできるらしいぞ。クエナがそうしていた」

どうやら知らなかったのは俺だけじゃないみたいだ。

ソリア達は忙しいし、きっと冒険者カードを気にするどころではないのだろう。

「でしたら今度、取り換えてみますのでご連絡させてください……！」

「そうだな。試してみよう」

俺もギルドで換えておかないといけないな。

「……すみません、話が逸《そ》れてしまいましたね。実を言うとジードさんにはお願いに来たんです」

「お願い？」

その顔には苦痛が滲《にじ》んでいた。

言い辛《づら》いが、言う他ない。そんな様相だ。

「ユイさんを止めて欲しいんです。いえ、ウェイラ帝国を」

「なぜ？」

「ウェイラ帝国は戦争に積極的です。その属国も潤うため協力的な姿勢を見せています。……しかし周辺諸国は違います」

「まあ、そうだろうな」

なんであれ巻き込まれる形にはなる。あるいは、いつ巻き込まれるのか心配する声だってあるはずだ。

しかし。

「なぜ俺なんだ？」

「それは違うぞ！　ソリア様は頼まれて……！」

フィルが強く反論しかけて、尻すぼまりした。

「ええ。私としても本来ならジードさんにお頼みするのはお門違いだと思います。ですが、ユイさんは私達ギルドでのパーティーの仲間。『どうしてあなた方が率先して止めないのか』という世間の声もあるのです」

「……面倒だな」

非常に面倒くさい。

俺は人との関り合いには消極的だ。だから世間の声とやらからも遠い。

しかし、ソリア達は前面に立って活動を行っている。

「世間の声が確かに存在して、実際に何とかして欲しいと思っている。それも事実ですから……」

否定はしない。

責任は誰かに持ってもらった方が楽だからな。その責任を負わせる方向は間違っていると思うが、戦争を止めて欲しいという話自体は分かる。

その上で。

「俺は止めない」

そう告げた。

続けて言う。

「ユイの自由にいちゃもんを付けたくはない」

彼女の事情は察する。

それが大きな被害に繋《つな》がるとしても俺に止める権利はない。そんな義務が発生するならカリスマパーティーを辞めてもいい。

「——ええ。私達も同じ考えです」

そのソリアの答えは意外だった。

彼女の考え方は救世に傾いているとばかり思っていたからだ。

もしくは、その究極にユイという個人の救済があるから同意したのかもしれない。

「なら放置するしかないな」

「……それとは別件でジードさんにお願いがあるのです」

これまでの話が前段であったかのようにソリアが切り出す。

俺の先ほどの回答は予想していたようだ。

だから驚かれなかったのだろう。

「別件？」

「実は神聖共和国は特効薬を作っていました」

「特効薬？」

聞きなれない単語を耳にして、首を傾《かし》げる。

フィルが横からぶっきらぼうに割り込んできた。

「東和国では疫病が流行《はや》っている。それを治療することのできる薬を神聖共和国で作っていたのだ」

ああ。

クエナから聞いたやつだ。東和国が弱体化した原因の一端であることも知っている。

「東和国は十数年経《た》っても未《いま》だに疫病の問題を解決できずに流行っているんじゃなかったか？　よく作れたな」

「仰《おつしや》る通りです。神聖共和国もかねてより少ないサンプルを活用して特効薬開発に尽力していましたが実を結びませんでした。特に海を隔てた国でのこと……優先度は低いため割ける人員と費用は限られていました。ですが――これのおかげです」

言ってソリアが小瓶を取り出す。

それはエルフの里で土竜王から貰《もら》った神樹の樹液の入っていた瓶だ。

「へぇ、それが役に立ったのか」

「私も関わってはいないので詳しくはないのですが、いくつかの疫病の薬として応用ができたそうなのです。しかも量産可能なようで非常に安価に」

「東和国の疫病も治せるってわけか」

「はい。……本当に奇跡的なタイミングでした」

しみじみとソリアが言う。

「――あ。そっか。東和国の暗殺者」

「ええ。既に数十人単位が大陸へと侵入して来ていました。彼らのうちの一人でも疫病を持っていたら大陸でも感染が拡大する可能性が出てきて大騒ぎでしたから。特効薬がなければ」

「そう考えると俺が騎士団に引き渡したのもマズかったのか？」

「いいえ。特効薬はすでに量産の目処《めど》が立っています。神聖共和国にも十分な量が保管してあるので、万が一に流行っても即座の対応が可能です。ご安心ください」

ソリアが言うと安心感がある。なんとも頼りになる仲間だ。

「それで、その特効薬をどうするんだ？」

「運びます。東和国まで」

「ほー……」

イメージが湧かない。

だが、大変そうなことくらいは分かる。

そんな、どこか他人事《ひとごと》に思っていた俺をソリアが引きずり戻す。

「ジードさんにはその運搬をお願いしたいのです」

「運搬？　でも海の向こうなんだろ？　俺は泳げないからな」

「意外だな。おまえにも弱点があるとは」

なぜか嬉《うれ》しそうにフィルが言う。

いたのかレベルで久しぶりに喋《しゃべ》りやがった。

「なんだよ。あっちゃ悪いか？　今まで陸地で生きてきたからな。足の着く湖が限界だぞ」

「いや、可愛《かわい》いなと思って。その弱点を知る者は少ないだろうからな」

秘密を共有したような、そんな感覚を抱いたのかどこか親しげに接してくる。

別にこの程度なら誰にでも言うが……

「ご安心ください。海運を行う予定はありません。ただでさえウェイラ帝国と東和国が戦争していますので海の警戒は厳重なものでしょう」

「ん、東和国とは話していないのか？」

「ええ。そもそも連絡手段がありませんから……」

そりゃまたすごいな。そんな人々にまで手を差し伸べようって言うんだから、ソリアが聖女と呼ばれる理由が分かる。

「じゃあどうやって？」

「ジードさんの『転移』を使っていただきたいのです」

「俺の転移？」

「探知魔法と転移魔法の組み合わせで見たことがない場所でも行けると伺っています。そのジードさんのお力をなんとかお貸しいただけませんでしょうか……！」

「うーん」

と、いっても転移魔法や探知魔法にも条件がある。

まず真っ先に気になったことをぶつける。

「距離はどれくらいだ？」

「魔力噴射で進む船舶でも数日はかかります。仮に歩いて行くとすれば数週間単位でかかるでしょうか……」

「ふむ……」

それだけの距離となると実際にやってみたことがないから分からない。

最大でギルドから依頼された元魔王の超大型ダンジョン最深部へ転移したことはあるが……話を聞く限り、単純な距離では更に長そうだ。

「厳しそうですか……？」

「経験や感覚から考えると難しいかもな。たとえば迂回《うかい》して秘《ひそ》かに運ぶとかじゃダメなのか？」

「量が多いんです。気づかれずに行けるかどうか不安で……。それに東和国はかなり厳重です。迂回しても意味をなさないかもしれません」

「……そうか」

なんとかしてやりたい。心の底からそう思う。

だが手立てがな。

「念のため転移を試してみるか？」

「そう……ですね。それならば、なるべく早めにお願いできますか……？　こうしている間にも薬を待つ人々が倒れていますから……」

「ああ。急ぎだもんな」

探知魔法は魔力の波を飛ばして、その反響で周囲の状況を探る技だ。仮に魔力の波を東和国まで届かせることができたとしても、波の速度には限界がある。届くまでにはかなりの時間がかかるだろう。

これでもし探知魔法が東和国まで到達すらしなかったら、相当な期待外れをさせてしまうことになる。

ソリアは一刻を争っている。

できれば確実で、それでいて早いものが良い。

海運はダメ。陸地はない。転移はできるかどうか分からない――

ふと一つの案を思い浮かべた。――あれなら。

「――あ」

「どうされました？」

「俺に考えがある。またすぐに冒険者カードで連絡する」

「？　わ、分かりました……？」

思い立ったら行動だ。

部屋を出て冒険者カードをギルドで新調してもらい、目的の場所に直行する。

第二話　竜の集い

一人、歩く。

道はロクに舗装されちゃいない。だが、獣道があるので楽に行き来できる。

その獣道は普段から使っているのが大きな魔物であると分かるくらい幅があった。

（あるいは一回通っただけでこれとかな）

木々は倒されていて、岩は欠けている。

魔物の暴威を示すような乱暴な一本道。

なにより恐ろしいのは、こういう道が平然と幾つもあるという事実。

（Sランク指定区域――『黒竜巣の麓』）

周囲より盛り上がった台地のような一帯を指す。

一方から見れば森のような入り口をしている。しかし、迷えば一生出られないくらいに広大。

クゼーラ王国王都の何倍何十倍も大きい。

（しかも）

台地を進んで見上げれば、巨大な山々が連なる山岳地帯だ。

一つだけ、見ているだけで息が切れそうな威圧感を持つ禍々《まがまが》しい山が中心にある。

雄叫《おたけ》びが木霊して、何らかの生物の断末魔が聞こえて、雷雲かと思えばそれは生き物。

（あれか）

Sランク指定区域『黒竜の巣』だ。

もはや最高ランクが連なっているが、同じランクでも『麓』より遥《はる》かに難易度が高い。

それこそ数年に一人が訪れるか否かレベルだ。

そして、俺の目的はあの場所にある。

（ん？）

不意に殺気を感じる。

『グルルルッ……！』

いかにもお腹《なか》を空《す》かせたって感じの獰猛《どうもう》な魔物が現れた。

二本の枝角を頭部側面から生やし、四足歩行の胴体は薄黒く硬そうで厚い皮に覆われている。そんな魔物が鋭い牙を剝《む》き出して涎《よだれ》を垂らしていた。

狙いは俺だ。

命の奪い合い。だというのに、なぜか悠長に郷愁の念を覚える俺がいた。場所も禁忌《きんき》の森底《しんてい》とは違うのに。

「来いよ。俺も喰《く》うぞ」

ちょうど腹を空かせていた。

狙われたのなら俺だって狙ってやる。

あまり美味《うま》くはなさそうだ。けど、独特な風味があってクセになりそう、なんて昔の勘が囁《ささや》いてくる。

そうやって睨《にら》み合っていると魔物が何かに気づいて目を見開いて去っていく。

周囲を見渡しても何もいない。空中にもいない。

やつが俺よりも探知において優れている点は常に両手両足を地面について、足下の気配を感じ取れることくらい。ってことは――

予想と同時に地面が膨らむ。

「どーもー」

ひょこりと爬虫類《はちゅうるい》の目が顔を出す。

それはエルフの里で知り合った顔の竜だった。

「あれ、久しぶりだな。土竜王」

「うっす。土竜王のデン参上です。お久しぶりですね、ジードさん」

俺の姿を確認した土竜王が地面からするりと這《は》い出てきた。あとの地面は違和感のないほどに平らだ。随分と器用だな。

予想外の登場に驚きが勝った。

「どうしてここにいるんだ？　ここは黒竜の巣だろう。おまえは土竜だし、そもそもエルフの里にいたんじゃなかったっけか？」

俺の問いに土竜王が嫌そうに答える。それは何かを思い出している様子だ。目線を黒竜の巣に向けている。

「百年に一度、竜が集う時期があるんです」

「なんか聞いたことあるな。それが今日なのか？」

「ええ、今日というか近い時期っすね。祭りやるんですわ」

しょうもねーわ。と、ばかりに肩を竦《すく》ませながらデンが言う。

まるで人間を見ているようで面白い。

「祭り？」

「うっす。各色の竜族によるガチンコバトルなんス。恒例のバカ騒ぎっすね」

心底めんどうくさそうに。心底イヤそうに。

気だるそうな土竜王が吐き出すように言った。

「痛そうだな、ガチンコバトルって」

「はは、めちゃ他人事スね……まあそうなんすけど……」

どよーんと凹《へこ》み気味の土竜王だ。

とても憂鬱そうで同情せざるを得ない。

「バックレればいいじゃないか？」

「それやった先代土竜王……まぁ自分の父さんなんすけどね。ボコられたんすよ。はは。白竜とか力のある勢力は返り討ちにしたりするんすけど土竜はキツいっす……」

「なんでそんなことに……」

「竜って生物的には圧倒的上位なんでね。暇すぎるってんでバトルしたいんでしょう。溜《た》まるものもあるんでね」

逆にそれで平和が維持できているのなら良いのだろう。

そのために土竜王が犠牲になっているのは些《いささ》か不憫《ふびん》に思わんでもないが……

「あとは竜王同士の見せ合いも兼ねているんすわ。竜王の交代で武威を示すとか」

「なるほどな。おまえも示したらどうだ？」

もしも土竜王が強いと知れ渡れば、無理に変な祭りに誘われることもないだろう。

先代のようにならなくて済むはずだ。

「いや、自分はそもそも――」

土竜王が続きを言おうとして、空を見上げた。

太陽を遮る巨軀《きょく》の集団が上空を飛んでいた。逆光でもなお分かる鮮やかな赤色は、噴火した火山を彷彿《ほうふつ》とさせる。

数にして数百は飛んでいる。

まばらな列だがいくつもの巨大な雲が過ぎ去っていくようだ。

「うげぇ……」

土竜王が目と頬をヒク付かせた。

すると赤竜の一番前を飛んでいた、一際大きな存在がこちらに向かって降下してくる。

他の集団は山に向かっているようだ。

「よう。デン！」

軽い地震が起きるほど、それが着陸した時は揺れた。

「ホード……一番前を飛んでいたっすけど竜王になったんですか？」

土竜王の口調が王然としたものではない。

きっと同列クラスには素が出てしまうのだろう。

話を聞く限りでは赤竜王の方が若そうだが遠慮はされていないようだ。

「ああ！　ついに先代を打ち負かして俺も竜王だ！　見ろよ。俺の命令で先に飛んで行く赤竜たちを。あれら全部が俺の配下だ！」

赤竜の個性なのか、一匹一匹が適当な間隔で飛んでいる。陣形やら列やらはない。だが、そこには一つの確固とした法則がある。

それは前へ飛ぶということ。

粗雑ではあるが、その一点には忠実に従っている。

あれほどの集団を頂点として制御しているのが、この赤竜王というわけだ。

「はは、そうっすか」

どうでも良さそうに土竜王が笑う。

「んで。おまえはなんだよ？　土竜の連中はどうしてんだ？」

「あー……現地集合っすね」

「ふーん」

どこか小馬鹿にするように赤竜王が相槌《あいづち》を打った。

そして俺の方をチラリと見て。

「メシもこれっぽっちだし。土竜は相変わらずだな。ははは！」

そう笑って飛び去って行った。

土竜王は背を見送りながら、なにも言うことなく俺にペコリと頭を下げた。

「すんません。あそこはいつもあんな感じなんです」

「いや、いいさ」

気質か。

思うところがないわけでもないが、下手に火を点《つ》けるよりはマシだ。土竜王にも立場があるだろうし。

「そういえば、どうして黒竜の巣にいるんです？」

土竜王と共に森を歩く。

こいつの気配はでかい。それに他の魔物とは比べ物にならないくらい強い。そのため魔物に狙われない。楽で良い。

「ほら、黒竜王の娘。ロロアだっけか。それに挨拶をしに来たんだ」

「ならタイミング悪かったすねー」

「俺もそう思っていたところだが……実は急を要するお願いもあってな。竜の力を借りたいんだ」

だから日を改めるってわけにもいかない。

それを聞くと今度は土竜王がピコン！　と反応した。

「それなら逆すね！　タイミング良いですよ」

「ん、どういうことだ？」

「この祭りは他の種族の竜に命令ができるんです」

「命令？」

「ええ。ガチンコバトルを制した種族がなんでも！」

「なんだかんだ言って報酬みたいなものはあるんだな」

それが「命令できる」って大雑把なものなのは愛嬌《あいきょう》というやつだろうか。

しかし、モチベーションは生まれてくる。竜達《たち》にとってはそれだけで十分なのだろう。

「まぁ、無茶苦茶なものならもう一度バトル開始なんですけど……はは」

バトルジャンキーな生き物だな。

デンが続ける。

「ちなみに前回の覇者である黒竜王は金銀財宝でしたね。実現できる願いだったのでかなり集まったみたいです」

「へぇ。使い道もなさそうなのに、コレクションみたいなものを欲しがるんだな」

「俗物だったりしますからね、竜って」

土竜王といい、知れば知るほど親しみやすいようだ。

「だから今回は前回勝者の黒竜の巣で祭りなんですけど。……話が逸《そ》れましたね。それでタイミング良いってのはジードさんにお願いがしたいからなんです」

「お願い？」

逆に頼まれることになるとは思わなかった。

土竜王は尻尾を振りながら緊張半分、ラッキーを拾えたような嬉《うれ》しさ半分という様子でペコリと頭を下げてきた。

見た目は威圧感のある竜の面持ちだが、内面を知っているためか小動物のような愛らしい姿に見えた。

「——土竜になってくれませんか！」

「……え、土竜に？」

「はい、お願いします！」

まさかの頼みに間が空いてしまった。

土竜王の真摯な姿には心打たれるものがないわけではないが……

「変化の魔法は見たことがないし、当然使えない。土竜になるのは難易度が高いな」

「ああ、見た目とかは大丈夫です！　ただ、うちの陣営で戦ってほしいんス！」

「それ大丈夫か？」

「ええ！　なんの種族であれ参戦オーケーです。そもそも暴れたい欲求の発散が目的なんで！」

なるほど。土竜になって欲しいのはこの祭りに限った話のようだ。

聞けば白竜とやらはバックレているみたいだし、かなりフリーダムな祭りなんだろう。

さらに土竜王の「じゃなけりゃ、こんなバカみたいな祭りやってないス」という言葉に理解と得心がいった。

自虐がすごいけど、きっと土竜王も恨み言の一つや二つは言いたいんだろう。

嫌々で参戦しているわけだしな。

「でも願いを言っていいのは竜王なんだろ？」

「ああ、ジードさんの代弁しますっス。どうせ元々勝つ気なかったんで願い事も特にないですし」

「卑屈だな……」

土竜王が無理やり笑みを作ろうとして頬を痙攣《けいれん》させながら、黒竜と見紛《みまが》うほどのダークなオーラを出す。

それから一転して明るくなった。

「それにジードさんがいると今年は痛い目を見なくて済みそうっす！」

ウキウキで土竜王が言う。

感情の起伏が激しいやつだ。

しかし、人頼りとは……本当にそれでいいのか、竜王の一角よ。

（まぁでもこれは僥倖《ぎようこう》か）

黒竜王の娘は知り合いだ。しかし、ほかの竜達は知らない。今回の件に関しては竜の数が必要になる。

しかも、竜は基本的にプライドが高い。土竜王も今ではこんな本性を晒《さら》しているが、初対面の時は高慢で気高い生物だった。

だから「お願い」だけでは物足りなさを感じていたところだ。

ここは土竜王の話に乗る以外の選択肢はなさそうだな。

「それならお言葉に甘えさせてもらいたい。祭りに参加させてくれ」

「ええ！　是非とも！」

俺の言葉にひゃっほー！　と喜ぶ土竜王。

ドスンドスンと地響きを鳴らして麓を揺らす姿はとてつもない存在感がある。Cランクや B ランクの強さを持つ魔物でさえ飛び立ったり走ったりで逃げ出しているのだ。

それから土竜王としばらく共に歩いて、土竜の集まる麓にまで着いた。

一様に茶色だ。

個体によって砂漠の干からびたような薄い色の砂の土竜もいれば、沼地の湿った泥のような濃い色の土竜もいる。

しかし、なんとも目に優しい色だな。

「なんだ。我が最後か」

土竜王が先着を見て言う。

……数にして三十程度だろうか？

赤竜達と比べると心許《こころもと》ないどころの騒ぎではない。

「なんだぁ？　美味《うま》そうな人族がいるじゃないですかあ。これおすそ分けしてもらってもいいっすかぁ？」

土竜の一匹が言う。

図体《ずうたい》も他より大きい。

言葉は間延びしていて、どこか威嚇しているような様子を覚える。

「あ、その人は我より強いからやめとけ」

傍らの土竜王が窘《たしな》める。

すると絡んできた土竜がすぐさま機敏に姿勢を正した。

「ぬあ!? すんませんっす!」

どうやらこれが素のようだ。

彼ら土竜は舐《な》められないように格下だと認識した相手には威嚇的になるらしい。

「でも、どうして人がここに?」

「そりゃおまえ、援軍よ。この人も参戦してくれるんだ」

「ジードだ。よろしく頼む」

これから仲間というわけだ。

土竜は各自Aランク中位程度の強さを持っているよう。それでも些《いささ》かの頼りなさを感じるのは、赤竜の数と質を見たからだろう。……面と向かって言うのは酷だから口には出さない。

「「ほぇー」」

土竜達が俺を見下ろしながら驚きを表す。

他種族とはいえ顔の機微が分かる。

デンよりも強いということで期待の眼差《まなざ》しを向けている者や、どちらにせよボコられるのだからどうでもいいと思っているであろう者がいる。

中でも先ほど絡んできたやつは心配そうな面持ちだ。

「大丈夫っすかね？　いくらデンさんより強いからって相手が相手っすよ」

「今回も同じ面子《メンツ》か？」

「うっす。白は不参加ですが七色の竜族が揃《そろ》いますわ」

「数はどれくらいだ？」

「それぞれ最低でも五百以上はいますねぇ」

土竜達はバラバラに生活圏を作っているから各地から集まってきていると前に聞いた。だからこうして現地集合になっていて、他の種族の動向もここに来るまでにそれぞれ仕入れているのだろう。

戦う前から戦意喪失しているメンバーがいるのはそういうことだ。

土竜王が面倒くさそうにため息を吐《つ》いた。

「なんでそんな血気盛んなんだか……」

「ほーんとそれっす……」

土竜達も酷《ひど》い受難だ。

こんなところで竜族内の格差を感じるとは思わなかった。

◇

それから山の頂上にまで行く。

中腹辺りから感じていたことだが、異様というか、心根が弱い人が見れば卒倒するんじゃないかというレベルの光景が広がっている。

右を見れば赤竜の集団。左を見れば青竜の集団。しかもそれが大群で列をなしているのだから驚きである。

土竜達は少数でそうした集団の間をチビチビと歩いて行く。めちゃくちゃ肩身が狭そうだ。

たまに赤竜側から嘲笑や侮蔑の声が挙がるが、土竜王はさすがの迫力で睨《にら》みを利かせて黙らせている。

（本当に格下には威厳を見せつけるな……）

実際に威厳があるのだが内心の本性はどうにかならないのだろうか。

ようやく辿《たど》り着いた頃には各色の竜王達を筆頭に、六色の竜族が揃っていた。

黒、紫、青、赤、黄、緑の六色。そして土の茶色を加えて七色となった。圧巻の光景だ。

こんなものお目にかかれる者はそうそういないだろう。

「ひとまずはこれで良いだろう」

厳かな低音が確かに響く。それだけでざわめいていた竜達《たち》が一斉に口を閉じて身体《からだ》を強《こわ》張《ば》らせた。

太陽を失った大地とも喩《たと》えようか。

とにかくデカい。そしてゴツい。――黒竜王がそこに在った。

前回の勝者が取り仕切る決まりなのかな。

隣には以前に見かけた影がある。黒竜王の娘のロロアだろう。まだ俺には気づいていないようだ。

「ルールを説明する。……といっても、例年と変わらん。あくまでも力比べだ。死者を出した者は殺す」

そう乱暴に告げられた。

誰もそれに異論はないようだ。否定的な物言いも態度もない。

おそらく混戦になることが予想されるが死者は出すなと。随分と難しいことを言うが、やり過ぎないために釘《くぎ》を刺しておく的なものだろうか？

とにかく、その唯一のルールだけ説明されると誰もが緊張から解放されたように準備運動を始めたり、誰を狙うだったりを話していることにはすぐに気づけた。

赤竜王が大きく息を吸って口を豪快に開く。

「俺はこの戦いに勝ったら黒竜王の娘であるロロアを嫁にもらう！　そして黒竜を統べて他の竜族も統一する！」

この一声にどの竜もが唖然《あぜん》とした。

しかし、赤竜達だけは瞬時に歓喜の叫びを轟《とどろ》かせた。

「そしてぇ！　我ら赤竜がこの世界を制覇するのだぁぁぁ！」

「「「うおおおおーーーー!!」」」

赤竜の盛り上がりを見て、思わずため息が漏れる。

「うわー……やる気出されるのは面倒だな」

こういう目的意識を持っているやつほど粘る。それも尋常ではないくらいにだ。

傍らの土竜が俺の顔を覗《のぞ》いてくる。

「急ぎのお願いなんですか？」

「ああ。あまり時間をかけたくないんだ」

「そりゃー……。この祭り、毎回一週間くらいかけてぶっ通しでやりますよ」

「マジ？」

嫌々そうに土竜王が頷《うなず》く。

それだけ付き合わされていた過去を思い出したのだろう。

しかし、それなったら本当に面倒だな。

他の陣営の竜を合計して数千とか一万を超しているんじゃないのか……くらいのレベルだ。一匹倒すだけでも骨が折れるだろうに。

「あ！　ジード！」

不意に俺の名前が呼ばれる。

ロロアだった。

赤竜王の宣誓には無情にも反応せず、俺の方を見て人族の俺でも分かるくらいにこやかな笑みを浮かべている。

「よお。挨拶に来たぞ」

なんか色んな竜からの視線を浴びている。

盛り上がっていた赤竜王が俺のほうをギラリと睨む。

「あぁん!?　貴様は土竜王の餌じゃないのか!?」

「ああ、一応、土竜側で祭りに参戦させてもらおうと思っているんだ。よろしくな」

ピキピキと赤竜王が分かりやすい怒りの血管を額に浮かべている。

土竜王が「あっ」と助言してくる。

「竜王全員を倒したらすぐに終わると思いますよ」

「……ほー」

それもまた骨が折れそうだ。

だが、

「人族ごときがぁぁ！　痛い目を見ても知らねぇ――――！　ブボォッ!?」

俺に迫って来た赤竜王を地面にめり込ませた。

一発ＫＯだったようでぱらぱらと砂ぼこりが舞っている地面の奥底では赤竜王が気絶していた。

「あ、やべ。殺気が駄々洩《だだも》れだったから戦闘開始かとつい……」

「ルール説明が終わった時点でいつでもＯＫっすよ」

――土竜王のツッコミと同時に竜同士の戦いが始まった。

戦いは夕方にまで及んだ。

「ふはははははっ！」

高笑いが山中に響く。

胃を揺らすほどの声圧だ。

「楽しい！　楽しいぞ、人族ッ！――いや、ジード！」

「……そりゃどうも」

黒竜王の叫びだ。

土竜王に言われていた一週間は誇張ではないらしい。少なくとも未《いま》だに数千の竜が戦いに明け暮れている。

その中で竜王は赤が沈んで、残るは青と紫、黄色と緑、そして黒だ。

竜王同士でも戦って体力は削れているだろうに、こうも時間がかかるとは。

こいつらの異様なまでのタフネスは種族として強さの基準値が違うのか。

（いつぞやの神聖共和国で戦った魔族のことを思いだすな）

人から魔力を奪って自らの物にした男の異様な魔力。

戦闘技術がないためか上手《うま》く扱えていなかったのが欠点だった。

だが、尋常ならざる魔力を使いこなせていれば危なかっただろう。

それを竜族と重ね合わせる理由は一つ。

（竜族のバカげた体力……）

赤竜王は一撃で倒れ伏した。それは油断もあってのことだろう。

しかし、他はどうだ。

「行くぞおお！」

黒竜王が嬉々《きき》として迫る。

両翼を強く羽ばたかせて地面を蹴り、息を吸うのもままならない風圧が生まれる。

それだけでもキツいのに普通の山一個分はあろうかという巨体が正面から衝突してくるのだ。当然接近戦は圧倒的に不利。

故に。

「肆式《よんしき》――【雷槌《らいつい》】！」

距離があるうちに魔法を放つ。

バカでかい図体《ずうたい》を覆うほどの魔法は作り上げる時間もない。そんな贅沢《ぜいたく》な魔力を使うほどの余力も他の竜王が残っているのを考えると絶対にない。

成人男性四人分。

黒竜王の額を打ち付けられるくらいの大きさだ。

普通ならこれだけで住宅街の一角に大穴を開けるくらいのクレーターは出来上がる。

――はずなんだがな……

「痛い痛い！　はっはっはっは！」

（……バトルジャンキーが）

喰《く》らってなお黒竜王はピンピンしながら迫りくる。

もう何度も俺の魔法をぶつけている。なのにこれだ。

魔法だけで押さえ付けるには足りない。

「うぉぉぉッ！　ジィードォーー!!」

「――ッ！」

両手で押さえ込む。

力と力の純粋なぶつかり合いだ。

全身と全身を纏《まと》うように魔力を張り詰める。地面がゴリゴリと削れて黒竜王の勢いに押される。

「我が初動の一撃で吹き飛ばせんとはなァ！　こんな人族は歴代の勇者でもいなかったぞ！」

「……ちぃ！」

黒竜王の勢いを押し殺せた。

右腕を振りかぶって思いっきり殴りつける。

ダメだ。硬すぎる。

腕が跳ね返された。

黒竜王が大口を開けた。

「――」

ブレス。

「ッ転移！」

上空に出る。辛うじて飛べた場所がそこしかなかった。

俺の背後にあった連なる六つの山がブレスで吹き飛んでいる。

仮に転移をしなかったら防げただろうか。……怖い想像だ。

(今はそれどころじゃないか――)

さらに第二波を飛ばしてきた黒竜王に俺も応じて魔法を準備する。

ブレスは魔法だ。

口から魔力を放つ巨大な魔法だ。

四足歩行である竜が極めた、最も簡単かつ最速で最大の威力を放つ技だと俺の目が視《み》た。

ならばそれを破る。

結局は魔力が魔法を作り出しているだけなのだ。

(だから――)

これは応用だ。

体内の魔力を吹き飛ばすのと同様のものだ。

魔力には魔力で干渉できる。

魔力同士の対消滅。それをつくり出す。

左腕を突き出す。ここが軸だ。

「伍式《ごしき》――【激震《げきしん》】」

きっと俺以外は何も見えていない。まだ魔法を生み出す一歩手前だと考えているはずだ。

だが、俺の目にはたしかに見えている。

無色の波状の魔法がブレスへと——地上へと向かっているのを。

「なにッ!?」

黒竜王が俺の魔法を認識したのはブレスが掻《か》き消えたタイミングだった。

成功だ。

魔法を消す魔法。

魔力が人よりも視える俺だからできるもの。

（それに——）

ブレスを消すだけではない。

魔力の波は黒竜王を覆う。

「お……おぉ!?」

グラリと黒竜王が揺れる。

さらに他の竜王や竜達《たち》も一様に崩れた。

激しい轟音《ごうおん》を鳴らしていた戦場が時の止まったような静寂に包まれる。

二段階目の成功を確信する。

自然の法則に従い地面に降り立ったころには、ほとんどの竜達が倒れていた。死んではいない。体内の魔力を吹き飛ばしただけだ。

しかし、これは……

（……なんじゃこりゃ）

とんでもない威力だ。

正直ここまでの効果があるとは予測できていなかった。

ウェイラ帝国軍との戦いで兵士たちに使った技をこの場で改良して使ってみた魔法だ。

他の魔物からコピーしたものでもない。だからここまでの結果を出すとは到底思わなかった。

……次からオリジナルの魔法を使う時は試してからにしよう。

「ジ、ジィードさぁん……」

土竜王が情けない声で俺の名前を呼ぶ。

どうやらこいつも喰らったみたいだ。

「少しだけ我慢していてくれ」

出て行った分の魔力は自然に回復する。

それまでの辛抱だ。

◇

太陽が沈んだ。

「ナハハハ！　しかし、ありゃ驚いたぜジードさんよ。殴られたところまでは見えてたが、そっから意識が吹っ飛んじまったぜ！」

そう楽しそうに笑うのは竜相応のサイズの盃《さかずき》を手にした赤竜王だ。

すでに陽《ひ》は沈んで真っ暗闇な夜だが、これまた大きな灯籠に火が灯《とも》されていて視界は明るい。

竜族秘伝の透明色の神酒だという巨大な樽《たる》が無数に運ばれてきて、戦いの後に各色の竜達で飲んでいる。

「お主が気絶している間に、もっと信じられんことが起こっていたぞ」

黒竜王がグビグビと頬を赤らめながら神酒を飲み、そんなことを言った。

「ああ、聞いたぜ。魔力を消し飛ばしたんだろ？　俺も起きたらビックリ。身体《からだ》のだるさがひとしおであの世にでも行っちまったのかと思った！　へへへ！」

やられたというのに随分と楽しそうだ。

あまり戦闘の勝敗は気にしないのだろうか。

しかし、こういう遺恨を残さないような姿勢は気持ちが良い。

「まさしく。歴代の勇者とは比にならん強さだな。魔族でさえもジードを超える者はいなかったんじゃないだろうか」

紫竜王が言う。

さすがに長い命を持つだけあって竜達が過去の勇者や魔王と比較してくる。

しかし、そうまで言われると照れるな。

それにしても……。

（………）

身体が熱い。

その原因たる生物が俺の横から顔を覗《のぞ》き込むようにして話しかけてきた。

「ほらほら、ジードも飲んで」

俺に後ろ足と尻尾で抱き着きながら前足で器用に盃を運んでくる。

黒竜王の娘のロロアだ。

彼女も酔っぱらっているようで随分と絡みが激しい。てか密着されていて、さらに竜族の体温は人間よりも高いらしく、今も汗が出ているくらい温められている。

「……お、おう」

口元にまで持ってこられた神酒を呑《の》む。

ごくり、ごくり……

強いキレに頭をぶたれるような度数。

なのにスルリと喉を通るから厄介だ。

苦みも一切ないため舌も抵抗をしない。

「うまい……よ」

とりあえず、そんな感想を残す。

マズいわけではないし、非常に上品な風味がする。

ただ、俺は禁忌《きんき》の森底《しんてい》で暮らしていたため毒素に強く、酒には酔わない体質だ。

水と神酒のどちらを飲むかと言われたら……俺的には水になってしまうだろう。

しかし、もしも酒に酔えるのなら、きっと酒のほうを選ぶやつが多そうだ。

「それは良かったぁ。ほら、レスロースの肉も私のブレスで焼いたよっ」

「おう……モグモグ」

肉汁が溢《あふ》れた肉の塊が口元に運ばれてきたので食べる。美味《おい》しい。

調味料は何も付いていないからこそ肉そのものの味わいが深い。こっちは俺なんかでも美味しく感じる。

ふと、ロロアに笑顔を向けられたので笑顔で返す。

「えへへへ～」

そんなにこやかで幸せそうな笑い声をこぼしながら頬と頬を擦り合わせてくる。

誰も止めに入る様子はない。土竜王は隅っこで縮こまって酒を飲んでいる。

「しかし、こんなツエー助っ人《すけと》を呼ぶとは土竜もやるじゃないか。見直したぞ」

そう言うのは青竜王だ。竜王とは言っても声の高さからしてメスだろう。

眉毛が長く色っぽいし、雰囲気や所作もどことなく人間の女性に似ている。

「あ……どもっす……はは」

「そうか。じゃあ次は土竜の住処《すみか》で戦うことになるわけか」

黄竜王が思い出したように言う。

結果的に勝利したのは土竜陣営ということになるので自然とそういうことになる。

そのことは土竜王も知っていただろうが……

「え？」

まったく予期していなかったように目を丸くさせる。

こいつ……何も考えていなかったようだ。

実際に土竜王の住処といえるものは地中にしかないのだし、地上はエルフの里になるだろう。土竜王の土地とは言い難い。

群れない土竜が別に広大な土地を確保しているとは思えない。

（まぁ、次は百年後だし、なんとかするだろう）

勝たせてしまった当事者だけに申し訳ない気持ちはあるが、俺にそんな場所を提供できる知見はない。

一応、脳裏には留めておこう。良さそうな場所があったら紹介するために。

「それで土竜王よ。願いはあるのか?」

黒竜王が尋ねる。

きた。このためだけに戦ったのだ。

問われた土竜王は俺の方を見る。

「それはジードさんから」

「ん、そうか。それでは人族ジードよ、願いを言うが良い。ここにいる全竜が応えよう」

「はは！　人の願いを聞くなんざ前代未聞だな！　だが、おまえならそれも良しだ！」

黒竜王の言葉に赤竜王が頷《うなず》く。

どうやら願いを言っても良い流れらしい。

「あー……えっとな――」

俺が願いを言い、断られて第二回戦……ということもなかった。

各竜王が同意して俺の願いを叶《かな》えてくれるそうだ。

第三話　海の向こうへ

　ジードさんから連絡が来たのは、私とフィルが頼み事をしてから三日が経《た》ってからだった。

　運搬方法をなんとかしたと言うので、ウェイラ帝国の海岸を待ち合わせ場所に指定している。

「ソリア様、そろそろ時間になります」

「わかりました」

　艶やかで茶色い長い髪を一本に纏《まと》めた、【剣聖】フィルが私にそう言う。

　彼女の後ろには、数百名の神聖共和国騎士団の騎士達が馬車を率いたり、あるいは直立したりして待機している。

　馬車の中身は金属製の入れ物で、中身は当然特効薬だ。

　他にも長期滞在用のテントなどが用意されており、とても大荷物になっている。

「しかし、やつはこれをどうやって運ぶのでしょうね？」

　純粋な疑問をフィルが尋ねてくる。

　そのことは何度も考えてきた。そして、私の頭で考え得る最も可能性として高いのは、

「……転移でしょうか？」

「私もそのあたりだと考えています。おそらく他の団員も同じでしょう。ジードの探知魔法と転移魔法が人外の領域にあるということは周知の事実ですから」

クゼーラ騎士団を出てから、その活躍っぷりは異常と言っても過言ではない。

そもそも一国を一身に支えていた人材なのだから、それは当然のことだろう。あの方はもっと大舞台に立つべき人。私もお傍《そば》に……！……こほん。

私もジードさんの活躍を耳にすると、Sランク推薦者の一人として誇らしい。まるで自分のように喜べる。

……結果的にクゼーラ王国が崩壊した事実を受け止めなければいけないけれど。

「遅いですね？　どこにも見当たりませんが……」

フィルが辺りを見渡しながらそんなことを言う。

たしかに見当たらない。

海岸の手前は平原となっていて、林や森、山などの遮蔽物となるものは距離がある。

もうそろそろ姿が見えても良い頃だけど。

「それこそ転移でもしてすぐに来るのでは――」

ルーズな方ではない。

だから予想外の出来事でもない限りは遅刻なんてしてして来ないはず。

そんな考えをもって言葉を発しようとしたら、

「な、なんだアレ!?」

騎士の一人が声を荒げる。声音には動揺や焦りがあった。

ここにいるのは一人一人が様々な戦場を渡り歩いてきた猛者だから、余程のことがなければこんな声を出すわけがない。

件《くだん》の騎士が見ている方に目をやる。

(……?)

なにもない。

視線は上の方に向いている。

空になにかあるのかと思ったけれど、特に何かあるわけじゃない。

しいていうなら雨雲が遠くに浮かんでいるくらい。

念のため雨除《よ》けのテントを張っておくよう指示を出そうと思い、フィルの方を見る。

フィルもまた愕然《がくぜん》としていた。

見渡すと騎士全員が呆気《あっけ》に取られているようだ。

「……ソリア様。私の後ろから絶対に離れないでください」

フィルが相当に覚悟した面持ちで剣を取り出す。

その姿に続いて他の騎士達《たち》も各員が戦闘態勢に入った。

「ど、どういうこと……？　なにが見えているの？」

「アレです」

フィルが指先を伸ばして上空を指した。

指先を辿《たど》るように目線を空に向けて見る。相変わらず雲しかない。それも黒い雲。

……だからどういうことなのだろう？

そんな疑問を感じ取ったのか、フィルが目を細めて雲から視線を逸《そ》らさずに告げる。

「――あれは竜です。それも千を優に超している」

「……え？」

すぐには反応できなかった。

竜。

魔物として扱うのであれば基本的にAランク以上の存在であると認識せよ。それがその生物に関して初めて教わる知識だ。

『ああ、強い生き物なんですね』

次にそんな淡い感想が出てくる。

強いと言ってもAランク以上はまだまだ他にもいる。

だから別に大して驚きはしない。

けれど、その次に飛び出すストーリーはその生物の破壊力を知らしめるものだ。

『国を滅ぼした』

『敵対種族を滅ぼした』

『神をも喰《く》らってのけた』

たしかにその存在が異質である証《あかし》が幾つもの書籍や伝説に刻まれている。

実際に毎年のようにどこかしらの国が、竜の勘気に触れたことで甚大な被害をもたらされているニュースが流れるくらいだ。

そこで初めて知る。

『最低がAランク。ほとんどがSランクにいる』

ワイバーンなどはCやBなどもいる。

けれど、竜種の中でも屈強な『有色』と言われている竜はそれに当てはまる。

(目を凝らせば……分かる)

フィルが目を凝らしたのはそういうことだろう。私と同様にその竜がどれくらいのランクに位置する種族なのか知りたかったから。

そして結果は絶望的なものだ。

黒に、赤に、青――すべてが一様に『有色』の竜だ。

「……そんな」

狙いはここではないだろう。

だけど、万が一にでも気まぐれを起こして狙われたら――。

私の回復魔法とフィルの人族最高峰の剣技、そして神聖共和国の精鋭達が集められた部隊。

たしかに強いだろう。

けど、数の差を見れば最低Aランクの有色竜が数千、対するこちらは数百。

（逃げても……）

仮に今から全力で馬車で駆けても厳しいだろう。

空を自由に飛べる竜の方が遙《はる》かに速い。

もし街まで逃げられたと仮定しよう。それでもそこから無事でいられる保証はない。なによりも一般市民の方々を傷つけることはしてはいけない。

そもそも逃げたところで……

おそらく、あの集団をいなすことはできない。たとえウェイラ帝国方面に逃げ込んだとしても同じことだろう。

万事休す、なんて言葉が過《よぎ》る。

「――ん……!?」

不意にフィルが腑《ふ》抜《ぬ》けた声を出す。

戦闘間近の彼女にしては珍しかった。

「いや、何やら先頭の王竜らしきデカい体軀《たいく》の上に……人が乗っています」

「え、人？」

太陽の光が眩《まばゆ》いとフィルが片手を眉まで持っていき、視界を確保する。

その目は信じがたいものを見るようなものだった。

「……あれは……」

フィルが続ける。

「ジ、ジード!?」

そんな大声が響く。

えっ——

ジ、ジジジ、ジードさん!?

◇

竜王達への頼みはシンプルなものだった。

ソリアとフィルから協力を仰がれていた特効薬の運搬だ。

陸がなく、海も厳しい。ならば空から行けばいい。

しかも竜という戦力付きならば心強いことこの上ない。

「よ。待たせたか？」

ビーチでぽかんと口を開いたまま呆然《ぼうぜん》と立ち尽くす神聖共和国の騎士団員達を尻目に、竜達は揃《そろ》って着地した。

俺も乗せてもらっていたロロアの背中から降りる。

「ま、待ってはにゃ……ないぞ」

フィルが噛《か》み噛《か》みな様子で言う。

「おまえそろそろ普通に喋《しゃべ》れ。おまえが仕切らないとグダグダになっちまう」

「ふ、普通だろうが!?」

その反論すらも激しいテンションで返ってくる。

ソリアが竜達と俺を交互に見つめながら問うてくる。

「ジードさん！　もしやジードさんの仰《おっしゃ》っていた運搬方法って……！」

「ああ、こいつらの力を借りられることになった」

各色の竜王が勢揃いだ。

その数はビーチや平原には入りきらないため、空を力強く飛び続けて待機する竜までいるくらいだ。

「おまえは相変わらずやることなすこと人の域を超えてるな……」

フィルが身体《からだ》を強張《こわば》らせながら言ってくる。さっきまで竜の集団を見て警戒していたのだろう。その名残で緊張が解けていないのだ。

不意にソリア達と土竜王の視線が合う。

「あ、どもっす……」

「エルフの里にいた土竜もいるのか」

「頼もしい限りですね」

頼もしいか？

……いや、まあ頼もしいか。

「こらこら、私のジードに近寄るな」

ロロアが尻尾で俺を囲いながらソリアとフィルにガンを飛ばす。

「「私の？」」

ソリアとフィルの声が被《かぶ》る。

視線はロロアに向けられていて、火花が飛んでいるようにも見える。

ここでの仲違《なかたが》いは勘弁してもらいたいのだが。

「して、運ぶものはなんだ？」

黒竜王が見下ろしながら尋ねてくる。

目を這《は》わせて確認すると荷馬車が用意してあった。中身を見ると樽《たる》のような形状をした硬そうな入れ物がある。

「ソリア。あれが運ぶ予定の特効薬ってやつか？」

「は、はい！　そうです！」

「……ふむ」

黒竜王が首を捻《ひね》りながら荷馬車の中身を見る。

そして続けた。

「これでは我々の数が多すぎだな。我ら黒竜だけでも足りたのではないか」

「もっと多い量のイメージがあったんだ」

「す、すみません……！　しっかりと伝えきれていなくて！」

ソリアがペコリと頭を下げてくる。

「いや、俺が聞いておくべきだった。まぁ、運ばない竜は護衛として一緒に来てもらえばいいんじゃないか？　危険なんだろ？」

「私もそれに賛成だ」

フィルが応える。

お、いつも通りに戻ったか。……視線を合わせたら逸らされた。

「うーん……でも、ここまでの数だと逆にプレッシャーがかかると思うんです」

「煽《あお》るような真似《まね》になるってわけか。それもそうだな」

一匹でさえ他の魔物が近寄ってこなくなる雰囲気を醸し出している。

そんな化け物が大群で迫ったら確かに異様だろう。

会話を聞いていた黒竜王が他の竜達《たち》を見て言った。

「ならば我ら黒竜以外は帰らせてしまえば良いだろう。黒竜だけでも千五百体はいるのだ」

「おいおい、せっかくのイベントなのに赤竜を省こうってか？」

「あ、じゃあ自分たち土竜は帰るっすね。ジードさん、みなさん。また」

「待てやこら。おまえら土竜が勝ったから手伝うことになったんだろうがよ」

赤竜王が黒竜や土竜に喧嘩《けんか》を売っている。

剣呑《けんのん》な空気が流れだした。

「それでは、どの種族が運搬を担当するかここで決めようか。『力』で」

青竜王がトドメの一撃を放った。

これで完全に火ぶたが切られたわけだ。

だが、戦闘が始まる前にソリアが言う。

「すみません。それってどれくらいで終わりますか？　こうしている間にも病魔に侵された人々が苦しんでいるのですが……」

「あ？　人族如《ごと》きが意見するとはどういう了見だ？」

「貴様ッ！　ソリア様に向かって——！」

赤竜王がソリアを睨《にら》みつける。これはソリアも巻き込まれる一触即発の事態だと瞬時に察したフィルが前面に出てきた。

「いやいや、ソリアの言う通りだ。俺達は急がないといけない。たしかに今回は数が多くて護衛も含めたら丁度良さそうな黒竜だけで頼めないか？」

「「ええええぇぇぇぇーー……」」

イヤそうな顔をした竜達が俺の方を見る。子供か。

反対に黒竜は清々《すがすが》しいまでのドヤ顔で他の竜族を睥睨《へいげい》していた。子供か。

しかし、土竜だけは戦場になるかもしれない場所から逃れられたことに安堵《あんど》しているようだった。

土竜王が満面の笑みで近寄ってくる。

「それじゃ、ジードさんのお役に立てないのは残念ですが自分らはこれにて！　また用事がある時は呼んでください！」

とても残念そうに思えない態度だ。

まぁ、こいつも自分の性格を俺が分かっていると知ってのことだろう。

それにここまで助かった。

「ああ、ありがとな」

「とんでもない！　それでは－！」

真っ先に飛び立ったのは土竜王だった。

次いで残念そうな赤竜王や青竜王達。

「まずは黒竜から統べてやろうと思ったが、おまえという関門が出来ちまったな！　また相手してくれよ！」

「ああ。わざわざ悪かったな」

等々。

そんな会話をして黒竜達だけが残った。

「ほれほれ、ジードはこっちこっち」

ロロアがイヌのように前足を立てて後ろ足を引っ込める座り方で言ってくる。尻尾でフリフリと場所を教えてくる。

竜種の中でも一回り大きい体軀と禍々《まがまが》しい魔力さえなければ小動物のような生き物だ。

「あ、私達もご一緒してもよろしいですか？　今後の打ち合わせ等もしたいので……」

ソリアが手を挙げて尋ねる。

だが、ロロアは獰猛《どうもう》な獣よりも恐ろしい目つきで威嚇する。

「この私の背に乗りたい……？　人族如きが……？」

ぐるる、と唸《うな》る。

ソリアが頷《うなず》けば嚙み殺しそうな勢いだ。

その態度にフィルがこめかみに血管を浮かべる。

「おのれ！　協力してくれるとはいえソリア様になんて口をきくのだ貴様……！」

しかし、不意に黒竜王もやってきて言う。

「そうだ。ロロアの背にはジードだけで良い。お主らは特別なようだから我が妻の背にでも乗るが良い」

黒竜王の後ろにはこれまた大きな黒竜がいた。

なんでコイツら大きい図体《ずうたい》なのに細かいことばかりに拘《こだわ》っているんだ……

助け船が欲しそうな目でソリアがこちらを見てきた。

「これから向かうのは俺も初見の大地だ。なるべく話し合っておきたい。ダメか？」

「「えぇー……」」

またこれだ。

こいつらこれ好きだな。

イヤそうな顔と声を揃えるも、渋々と言った様子でロロアがソリア達に背を向けた。

「振り落とされても拾いに行かないから」

「ありがとうございます」

ソリアの扱いに不満を覚えていそうなフィルも目を閉じて引き下がった。ここが妥協ラインというわけだ。

俺も上に乗る。鮮やかに黒光りする鱗《うろこ》が生えていて、一つ一つが大きくて硬い。

しかし、取っ掛かりがあるため存外に乗りやすいのだ。

それから後ろで竜に荷を括《くく》り付けていた。さすがに荷馬車を持って行く訳にもいかないようで、分解した縄を使って工夫している。

すべての荷を括り付けるのにはそう時間も要しなかった。

東和国に飛び立ったのは太陽が真上に位置したくらいのことだ。


耳元で空気がビュオオと鳴っている。

竜の背から見る景色は普段のものと一変する。

雲が摑《つか》めそうなほどに近いし、大地は背筋が凍りそうなくらい遠い。

「これほどの速度なら今日にでも着きそうですね」

フィルの声だ。

吹き付ける風で目が霞《かす》まないよう、手を前面に出して防いでいる。

その口調には敬意がこもっているからソリアに宛てた言葉だとすぐに分かった。……俺が敬意を持たれていないみたいで、ちょっと悲しくなる。

当のソリアはロロアの背を必死で摑んで頭を下げている。

「それなら良かったです……！　速いに越したことはありませんから……！」

念のため先んじて食料を貰《もら》っていたが食べる暇はなさそうか。

「それで打ち合わせってなんだ？　東和国についてか？」

「はい……！　万が一に備えて戦う準備はしておかなければいけません……！」

風が強いようで喋《しゃべ》りにくそうだ。

しかし、言葉は凛《りん》としていてハッキリ伝わる。

正しく伝わったからこそ、ソリアの言葉に違和感を覚えた。

「戦う準備ってどういうことだ？　俺たちは薬を配りに行くだけじゃないのか？」

「言ったろう？　東和国は閉鎖的な国なんだ。我々も連絡を取る手段がない」

「じゃあ、どうやって特効薬なんかを渡すんだよ？」

「効くと言えば……！　きっと受け取ってくれるはずなので……！」

ソリアがそんなことを口にした。

本当にそうだろうか？　そんな疑問が浮かぶ。

「おまえの疑問も分かる」

フィルが言うので振り向く。そっぽ向かれた。くそぅ。

「東和国はウェイラ帝国と戦争をしている。彼らからすれば我らもウェイラ帝国と同様の大陸の人間だ。決して看過できない存在のはず」

「タイミングが悪かったです……！」

引き返す。

そんな言葉が浮かぶ。

しかし、すぐにそんな考えは止《や》めた。

もう出発したのだから出鼻を挫《くじ》くこともないだろう。

なによりソリアはそんなことを言われたところで、このまま東和国へ行くに違いない。

こうしている間にも苦しんでいるやつらがいるのだから、何もしないよりは進みたいと言うはずだ。

そんな性格だと分かるからこそ、そういう考えだと分かるからこそ、手助けしてやりたくなる。

「たとえ争いになったとしても俺が止めるよ」

「ふっ。おまえならそう言うと思っていた」

フィルが格好つけながら言う。

相も変わらずこっちは見ていない。頑《かたく》なに視線を合わせてくれないようだ。

「……！　ジードさん……！」

ソリアがパッと俺の手を握る。

その手はとても冷たかった。

その瞼《まぶた》には涙が溜《た》まっていた。

「――ありがとうございます……！」

少し青白くなっている顔。

華奢《きゃしゃ》な手は震えている。

そりゃそうだ。竜の背に乗って雲ほどに高い場所を高速で移動するなんて怖いだろう。そもそも戦場になるかもしれない場所に向かうのだ。神聖共和国の精鋭が集っているし、慣れているのだろうけど、心の奥底には恐怖があるはずだ。

「ああ」

彼女の手を握り返す。

温めるように両手で包み込んで。

ソリアは恥ずかしそうにしながらも振りほどくことはなかった。

不意にガシリと俺の手首が摑まれる。

「おい。ソリア様に触り過ぎだ」

背に、目に見えない怒りの炎を燃やしながら俺のほうを睨んでいる。

どうやらソリアのことで文句を言う時は俺のことを見られるようだった。そんな的外れな思考が過《よ》ぎる。

「悪い悪い」

そう流しておいて、ソリアと絡み合っていた手を離す。

ふと、ロロアら竜達《たち》の会話が聞こえる。

強風でハッキリとは聞こえにくいが、視線は下に向いているようだった。

「——戦ってるのか」

俺たちの真下には、船。

ギルドの図書館で見た、海上の移動・運搬・戦闘用の乗り物がいくつもある。

数十人から数百人を乗せられる大きさで、移動の推進力となるマジックアイテムが船尾に取り付けられている、木造のものだ。マジックアイテムといっても仕組みは風魔法を生み出すだけの単純なものらしい。

図書館では推力などで工夫している云々《うんぬん》と書いてあった覚えがあるが、小難しかったので読み飛ばしてしまった。船の形に工夫があるのだったか。

どの船も船尾のマジックアイテムの色は黒く、筒のような形のものが五つばかり付けられている。

そして——旗はウェイラ帝国のものだ。見知った魔法を敵に対して放っていた。

「相手は東和国のようだな」

フィルがウェイラ帝国と対している敵を見据えながら言う。

実際、俺達の進む先には東和国所属と思《おぼ》しき船舶がある。ウェイラ帝国とは形こそ同様であるが色は銀色。樹木とは違う物質で作られている証《あかし》だ。

具体的な中身までは分からないが、すべてに魔力が通っている。

……船一隻丸ごとが一つのマジックアイテムなのか？

ウェイラ帝国から放たれた魔法を吸収したり、あるいは跳ね返したりしている。

「戦況はどうですか……！」

ソリアがロロアの背を見つめながら問うてくる。

海上は高所の恐怖からか覗《のぞ》けないようだ。あるいは不用意に手を離したら落ちてしまう可能性があると考えているのかもしれない。

「負けているようです——ウェイラ帝国が」

フィルが見たままを語る。

それは明らかだった。

ウェイラ帝国側の海には壊された船の残骸が浮かんでいる。それも、ただ事ではない量だ。

反対に東和国の被害は船舶の一部が欠けているくらいで、沈むまでには至っていないようだ。

「やはりそうですか……」

ソリアが予想していたような口ぶりで呟《つぶや》いた。

クエナから聞いていた様子とは違うため疑問が浮かんだ。

「ウェイラ帝国が優勢なんじゃないのか？　数は多いし、東和国は疫病が蔓延《まんえん》して弱っているって聞いたんだが」

「表立って伝えられた情報はそうだろう。だが、海上戦における技術力と経験は東和国が優勢だ。そもそも東和国は島国で元より海洋国家でもある。弱体化してもなおウェイラ帝国は押し切れないだろうな」

「それにウェイラ帝国は他の地域にも侵攻をしています。ユイさん率いる第0軍が来ているとはいえ、その他は比較的経験が浅く、戦力としては下位と言われる第十軍、第十三軍です……！」

「ほら、見てみろ。ウェイラ帝国は漁業などに使う船舶を改造したものばかりだ。攻撃は船に備え付けの装置を使っているというより、乗組員の兵士任せだろう。地上ならば攻略用の戦略級マジックアイテムもあるが、海上進出に力を入れてこなかった帝国には、海のそれが存在しない」

「ああ、そうだな」

「対して東和国は完全に海戦特化の軍船だ。あるいは軍艦と言ってもおかしくはない」

「なるほどな」

聞いていた話と随分違う。

だが考えてみれば、そもそも断交している東和国の話なんて聞こえてくるはずもない。

大陸にはウェイラ帝国にとって都合の良い情報しか流れないのだ。

だからこそ戦争がしかけすく、狙いやすい相手だったのだろう。

（……ん？）

ふと、東和国の陣営に動きがあった。

かなり慌ただしく、後退している様子を見せている。

（……もしかして）

自分たちが来たことで戦況が変わってしまった予感がして罪悪感を抱いた。

そりゃそうだ。

竜の群れが自分たちの領土に向かっているのだから——

◇

ウェイラ帝国、海軍。

東和国へ辿《たど》り着くためのルートである海域では、ウェイラ帝国海軍が足止めを食らっていた。

「厄介だな」

海軍の中でも一際巨大な船舶の一室で女帝ルイナが呟く。

周囲には経験豊富な将校や知識人らが控えている。ユイもルイナと最も近い場所に着席して巨大な海図を囲んでいた。

空席には全身鏡を模したマジックアイテムがある。それは各船で陣頭指揮を執っている軍長に繋《つな》がる通信装置だ。――今は最前線で戦闘中のため黒色に染まっていて、音声も入っていない。

「海戦系統の技術力に大きな差があります。敵船には魔法を魔力に還元し、吸収するようなマジックアイテムが設置されているのかと」

聡明《そうめい》そうな男が言う。

相手は未知数の国家であることから、彼のような魔法技術に知見のある人物も配置されていた。

ルイナが男に尋ねる。

「対処法は？」

「吸収可能な量を大幅に超える魔法を放てば護《まも》りを突き抜けることができます。しかし、非効率すぎます」

身体《からだ》に傷跡を多く残している歴戦の将校が続く。

「おそらく出撃している各軍の総魔力量を合わせても突破は不可能かと。予《あらかじ》め魔力を蓄えていた戦略級のマジックアイテムを用意しなければなりません」

それがここ数日の戦闘の結果に導き出された答えだった。

ルイナが眉を下げる。

「やれやれ。勝てると言うから私が来たのだがな」

「……面目ありません」

わざわざ女帝自らが足を運んだ理由は簡単だ。

弱体化した国に攻め入り、一気呵成《いっきかせい》に従属させるため。兵士の士気も大いに上がる。

軍を率いた彼女自身の名声も上がり、ひいてはウェイラ帝国の威信にも繋がる。

実際に以前の魔族領侵攻の際、現地での女帝の勇姿は大きく話題に取り上げられた。

だが、それは勝つことが前提の戦いにおいてだ。

「これでは危険に晒《さら》されただけの敗北者だ。――しかし、そこに拘《こだわ》り無駄な犠牲を払うことこそが最も避けるべき真の敗北だな」

言外にある「撤退」を誰しもが感じ取っていた。

戦況を見てもそれは明らかであるし、ウェイラ帝国ならば一度退《ひ》いてから立て直すことも容易だ。

今回の戦闘データを基に新たな技術を生み出すこともできる。近いうちに互角の海戦を繰り広げることも可能だろう。それだけの人材と資源がウェイラ帝国にはあった。

だから今回は撤退。ひとまずの戦略的な撤退。誰もが脳裏に撤退ルートを過《よぎ》らせていた。

だが、思わぬ事態となった。

一面が黒色に染まった連絡用マジックアイテムが、慌ただしい様子の男に移り変わる。

「ル、ルイナ様！」

「どうした？」

「東和国が進路を変えて撤退しています！」

「……なに？」

疑問しか残らない敵の行動に、ルイナの傍らにいた将校らに動揺が走った。

しかし、それは間髪容《い》れずもたらされた次の報告で、さらなる驚愕《きょうがく》へと塗り替わる。

「じょ、上空に竜の大群が──！」

偶然ウェイラ帝国の兵士が見つけた、雷雲と見紛《みまが》う集団。

聞くや否やルイナ達は屋外へと足を運ぶ。

「これは……」

ウェイラ帝国の船団すべてを太陽から覆い隠すほどの巨大生物の群れが広がっていた。

遥《はる》か上空に、圧巻の光景が広がっている。

あまりの非常識な状況に誰もが呆然《ぼうぜん》と空を見つめていた。ウェイラ帝国側が東和国側の撤退を見落とし、追撃を一瞬でも遅れさせてしまうほどに。

「……ジード」

ユイが竜に乗る男を捉えた。

普通なら幻覚を疑うところだ。

だが、誰も彼女の言葉を疑わない。「ユイ以上の視力を持っている」と断言できるほど自信過剰な人間はいないからだ。

それに、ウェイラ帝国は今回の侵攻に関係ないジードの動向までは探ってない。

幼児の戯言《たわごと》だと切り捨てることはできなかった。

そして、それはルイナも同様だ。

「はは……あいつは一体なんなのだ」

ルイナは間近で何度もジードを見てきた。

行く先々の戦場で彼はいて、そして尋常でない爪痕を残す。

(結果的に助けられた形になったな)

驚愕に時間を費やしたのもほんの少しの時間だった。

東和国の動向を見るや、ルイナは好機を逃すまいと全軍に進軍を伝えるのだった。

◇

東和国は五つの領土を五つの家が支配している。

それぞれ第一頭任家、第二頭任家……と続いていき、大陸側に面しているのはアトウ家が支配する第五頭任家だった。

アトウ家は先代ムラクモ家に仕える家格であった。しかし、ムラクモ家のとある裏切りにより他頭任家の命令で主に刃を向けることになった。

「第一頭任らはどうしている!?」

最前線から離脱している現当主のアトウ・ハルキヨが副官に問う。

だが、副官は悔しそうな顔つきで首を横に振った。

「……援軍の通達は未《いま》だに」

「どういうことだ……！　我らは疫病で兵すらもまともに動かないのに、やつらは特効薬をぬるま湯に浸りながら必死に作っていると曰《のたま》いなお未完成……！　あまつさえ援軍すらも送らないとは……！」

「……」

思わずアトウは悪態を吐《つ》く。

だが、瞬時に我にかえって口を閉ざした。

（……これではムラクモ様の仰《おつしや》っていた通りではないか……！　真に理想とするべき『和』

を理解していなかったのは私であったか……）

それでも怒りは収まらず、顔を歪《ゆが》ませる。

胸の内に荒波が立つのを感じながら、上空を見て言った。

「仕方ない。はやく陸に戻って態勢を立て直すぞ！　アレは放置できん！」

「はっ！」

第五頭任の戦力を引き返させるほどの圧倒的な生物たち——黒竜の群れが東和国に向かっている。

仮に彼らが真っ先に降り立つとしたら第五頭任領だろう。

（援軍が来れば他の頭任領にもすぐさま頼れただろうが来たのは第四頭任の兵士だけ……！）

しかも数も少ない。

それは疫病のため、そして急な開戦であるため仕方がない。しかし、大陸の人間を相手取る上では不安な兵数だった。

ただでさえそんな状態であるにも拘《かか》わらず、ここにきて更に不安定要素が舞い込んできた。

仮に海上に多少の戦力を残していたとしても押し切られるのが関の山だっただろう。全軍撤退の判断自体は正しかった。

――しかし、優勢のまま終わるはずだった東和国に不吉な風が吹いていた。

◇

陽《ひ》が沈みかけた頃に大地が見えてきた。

港がある。戦時下のためか漁船が見当たらない。どこかに逃がしているのだろう。

「む。なんだ、あれは？」

フィルが不思議そうに呟《つぶや》く。

目を凝らすと魔力を纏《まと》った筒が海岸沿いに配備されていた。大きさは人ほどで色は白色。

一つにつき三人が乗っている。

筒の数は百程度だ。

「マジックアイテムだな。海戦に敗れた時の迎撃用じゃないか？　俺たちも撃たれるかもな」

「なっ!?　それじゃあ……！」

フィルが仰々しく警戒を強める。

「いや、大丈夫だ。魔力量的にここまで届かない」

筒の形状をしたマジックアイテムから魔法陣が展開される。そこから灼熱《しやくねつ》の炎が俺達目《たち》掛けて昇ってくる。

だが、上空までは届かず爆炎だけを残して消滅した。

「おそらく対空用ではないんだろうな」

「そうか。しかし、物騒な挨拶だ」

「威嚇でもあるんだろう。『降りてきたら容赦しないぞ！』という」

下にいる連中は俺達の動きを慌ただしく見ていた。見失わないよう馬を駆けさせながら追いかけてきている。

「ジード、どこに降りる？」

ロロアが首をこちらに向けて問うてくる。

「ひとまずは人里から遠い場所が良いんじゃないか？」

「そうですね。野宿の用意もあります。広々とした草原のような場所の方が東和国の人々も監視しやすくて、戦闘にまでは発展しにくいんじゃないでしょうか」

「俺達も警戒しやすいしな」

「わかった！」

それからロロアは先頭を飛ぶ黒竜王と降り立つ場所を相談しているようだった。

その間にも下から常に監視されている。

星空が輝いている。

周囲は神聖共和国の団員が光を生み出して視界を確保していた。

軍用のテントも既に設置していて、陣地防衛用の魔法陣が刻まれた木片も周囲に展開されている。

背には山があり、黒竜達はそこで待機していた。

そして遥か先では東和国の軍隊が俺達を睨《にら》みながら見張っている。

「まだ動けませんね」

俺の傍らにソリアが立つ。

先ほどまで神聖共和国の騎士団で今後のことを計画していたようだが、もう話し終わったみたいだ。

俺は今も探知魔法を発動しながら警戒している。

「どうするつもりだ？　海戦していた連中が来たら戦闘になりそうな気もするが」

「ええ。しかし、逆にいえば傍らに戦力があることは安心感をもたらします」

余力があればそれだけ心の余裕が生まれる。そうなれば話をする際に落ち着ける。

ソリアが提案するのは彼らに対して利益しかないものだ。

正しく伝えられれば断ることもないだろうし、争うこともないだろうと踏んだのだろう。

「つまり待機ってことか？」

「その通りです。あちらに使者も送りますが、おそらく数日はここで待つことになると思います」

「……そうか」

その行動は理解できた。

だが、腑《ふ》に落ちない点がある。それは今回の行動と矛盾しているとも言えるものだ。

ソリアの言葉に相槌《あいづち》を打った後、続けた。

「なぁ。俺達が戦争を動かしたかもしれないこと。どう思っているんだ？」

「東和国の海軍が撤退していた件について……ですか？」

「そうだ。竜がいなければ東和国は海戦でウェイラ帝国に勝っていたはず」

「そして元凶は私達……と」

元凶は言い過ぎただろうか。

ソリアが心苦しそうに胸の方で手を握って祈るように言う。

「――戦争は身勝手だと思います」

「身勝手？」

「情報を操って、人を煽《あお》り立てて殺し合わせる。しかも、時にそれは強制で」

思い当たる節はある。

俺でもそうなのだから、戦場を渡り歩いて来たソリアなら何百倍も知っているはずだ。

「でも結局のところ協力し合えば解決できたはずなんです。欲を捨てて、他人を無視する。……それが戦争問題解決の根本にあると考えています」

それは独特だが、善意のこもった言葉だった。

返す言葉が……見つからない。

では、もしもここにソリアと対極的ともいえるルイナがいたらどう返答したのだろう。浅く薄い知識しかない俺には「綺麗事《きれいごと》」だとか、「理解に苦しむ」だとか。そんな答えしか思い浮かばない。

でも、どうしてだろうか。ルイナならば違う回答をしそうだった。

「私はそれら争いと向き合って心の底から思いました——あなたは光です」

「光？」

「覚えていないかもしれないですが、ジードさんは私を救ってくださいました」

「俺がソリアを？」

「それから何度も、何度もジードさんのことを知ろうとしました。そして、あなたは私の思った通りの人だった」

「……思った通りの」

ソリアが俺になにを期待していたのか、察しはつく。

「あなたは希望を抱かせてくれるお方です」

誰かと姿が被《かぶ》った。

それはすぐに思い出される。スフィだ。

ソリアもまた彼女と似たようなことを言っている。救世主だとか勇者だとか、そういったものではないが。

「俺はそんな大層なものじゃないぞ」

「……たとえ、ジードさんご自身がそう思われていても、私はあなたに希望を抱けるのです。そんなあなたのお傍《そば》にいたい」

「傍に、ね」

「はい。私の活動の原点と言っても良いと思います。そして、今こうしてお傍にいられていますから」

「ソリアが嬉《うれ》しいなら何よりだよ。俺にはさっぱりだけどな」

なにしろ救った覚えがない。

理解はできるが得心にまでは至らなかった。

そうして、流されかけていた話題を誤魔化されないために続ける。

「それで、肝心の質問には答えてくれていないぞ？」

「戦争を動かしてしまった件について、ですか？」

「ああ。疫病から救うためとはいえ、東和国の軍隊を撤退させてしまったんだ。それはウェイラ帝国の侵攻に繋《つな》がるはずだろ?」

ソリアの行動の根源は理解した。

だが、それは俺の中で今回の一件に結びつかない。

あるいはソリアの中にもう一つ別の理由があるかもしれないと思う。

「成り行きに任せます」

ソリアが言った。

「神聖共和国が仲裁する、とかじゃないのか?」

「どうして神聖共和国が?」

「だって、おまえが率いている騎士は神聖共和国のやつらだろ?」

「ああ、うーん。そこら辺はちょっと複雑なんです。神聖共和国の騎士団でもありますし、私個人の私兵とも言えるんです。今回は後者で……というか基本的に後者ばかりなんです」

「つまり神聖共和国は関知していないってことか?」

「いえいえ。特効薬を作ったのは神聖共和国の技術団なんですけど、私は基本的に自由なんです」

ソリアが絶大な権力を持っていることは薄々察しがつく。真・アステア教の筆頭司祭で、冒険者ギルドのSランクだ。民衆からの支持は厚い。

じゃあ、だからこそ……

「なら……どうして動くんだ？」

そこが分からなかった。

動く根源だって、俺の傍にいたいという理由で……

ああ。そこまで思い至って、答えに近づいた。

そして、それはソリアが口を開いたのと同時だった。

「動く理由は簡単です。女神さまが見てくださっているからです」

「人を救えば俺の傍にいられると？」

「ええ。そして、それは実際に叶《かな》っているんです。ジードさん、あなたは女神さまに愛されている。女神さまが救いをもたらす場所にはあなたがいるんです。かつて私は自らの死に際に救いを求めて救われました。あなたという存在に。だから私は女神さまのことをいつも見てくださるように、人々を救い続けるのです。女神さまの眼差《まなざ》しの先にあなたがいるからです。そして今、良き人々を救い続けてきたから、こうしてあなたの隣にいることができました」

答えになっていないようで、ソリアなりの理が存在している。

狂気とも……取れなくはない。

「だが、今回のことで結果的に多くの人々が傷つく結果になったらどうするんだ」

「安心してください。無責任に放置するわけではありません。ウェイラ帝国の上層部とは見知った仲ではあります。特にルイナさんも来ているようですから」

成り行きとは今後の流れに身を任せて対処する。そういうことなのだろう。
しかし、その根幹には彼女の女神や俺に対する絶対的な信頼があるように思えた。
それが果たして良いのか悪いのか。今の俺には分からない。
ソリアの手腕がどれほどのものであるのかも見当がつかない。
そして、数日が経《た》った。

東和国の陣営から馬に乗った男たちがこちらに向かってくる。
何度となく送った使者は追い返されていたが、ようやく本命のご到着らしい。
こちらには神聖共和国の面々と竜たちが待機している。
「ソリア、この国のやつらは仲が悪いのか？」
俺たちを囲む東和国の兵力はさほど多いわけではないようだ。
数にして三千ほど。
だが、東和国全体の戦力が少ないわけではない。
それは探知魔法でこの島国の全容をある程度把握していたからだ。

今、俺たちを囲んでいるのは活動している兵士の大部分。さらに奥の内陸方面は全くと言っていいほど兵力を割いていないようだ。

国全体の人口が少ないわけではないので、兵の数ももっと多いはずだ。が、戦時だというのに兵が動いていない。

「いいえ。そんな話は聞いていません。それどころか内紛すらないと聞いています。十数年前に一度だけ領主の入れ替えがあったくらいです」

「……そうか」

「どうかされたんですか？」

「ソリアから聞いていた五つの勢力のうち、兵力を割いているのは俺たちがいる海岸沿いの領地だけだ。隣の領地からある程度の援軍は来ているようだが、それ以外は支援すらない気がする」

「変ですね……なにかあったんでしょうか」

東和国の様子にはソリアも訝《いぶか》しげだ。

しかし、ソリアの隣にいるフィルが口を開いてこの会話は終わった。

「来ます」

馬上から降りて先頭に立ったのは白い髪に茶色い目をした男だ。歳《とし》は四十ほどだろうか。縞《しま》模様の赤く染められた革の戦闘装束に身を包んでいる。見てみれば、男の周囲も似た

ような恰好《かっこう》をしている。

「神聖共和国の方々ですね。なんのご用件でしょう」

名乗らずに言ってきた。

戦線を後退させた元凶を前にしているのだから当たり前の反応だ。敵意も剝《む》き出しで、後ろで待機している面々も合図があれば襲い掛かってきそうだ。

だが、ソリアは臆さない。

「私はソリア・エイデンと申します。早速ですが、東和国で流行《はや》っている疫病の特効薬ができたのでお渡ししたいのです」

「……特効薬？」

騎士の一人が緑色の液体が入った小瓶を差し出す。

だが、さすがに素直に受け取りはしなかった。

「特効薬であれば我が国の第一頭任らが動いている。不要だ」

「いや、すでに完成したものがこちらで……」

「協力しようという心づかいには感謝する。しかし、それを受け取るとほかの頭任に不義を疑われるのだ」

一瞬、耳を疑った。

当然、信用の差でもあるのだろう。いきなり現れて特効薬ができたので使ってください、なんて言われても戸惑うだろう。

しかも、それが戦争中の大陸側の人間ならば尚更《なおさら》の話だ。

だが、それは。

「――民を軽視すると言うのですか」

ソリアの声音に怒りがこもる。

東和国の兵たちはソリアの迫力に飲まれる。

「いえ……軽視するわけではありません。しかし、もしも我らの領地だけ特効薬が回っているとなると釈明のしようが」

「当然、ほかの領地の方々にも行き渡るように十分な数を用意しています。製造法もお教えします」

「……それを第一頭任が許すかどうか」

どうやら面倒くさい関係があるようだ。

男の内面からオドオドとした気弱な姿勢が見える。

そういえば、十数年前に領主が代替わりしたのだったか。

それが第五頭任なのだろうか。

釈然としない男にソリアが珍しく苛立《いらだ》ちを募らせているようだ。

「なぁ、ほかの領主への釈明って必要なのか？」

思わず、尋ねる。

「必要です。東和国は『和』を重んじています。仮に不義や独立の姿勢を見せようものなら待っているのは一族郎党の粛清。……それは民にまで波及するかもしれない」

ギリっと、こちらにも聞こえてくる奥歯を嚙《か》みしめる音。

東和国では一つの言動や判断が重く見られ、仮に敵意ありと認められれば戦争に直結するのかもしれない。

疑問が浮かぶ。

「それなら、戦争をしているのにおまえら以外の領地の連中はなにをしているんだ？」

「なに……とは？」

「戦っているのはおまえらだけじゃないか。それに特効薬でさえ完成させたのは外部の人間。それを無償で提供しようとしたのも外部の人間。なら一体、『和』ってなんだよ？」

「それは……彼らは準備をしてくれているのです。特効薬だって偶々《たまたま》あなた方が先に用意できただけで……」

男が言いかけて、首を振る。

そして明確な敵意を鋭い目つきに乗せた。

「いや。実際に用意できたのかも定かではない。こうして時間を浪費させることが目的なのではないですか？」

「それは試してから言ったらどうだ？」

帝国が戦争を仕掛けている今、たしかに俺たち大陸側の人間の行動は怪しまれて当然だ。

彼らからすれば善意であると断定できる材料がないのも事実。

疑心暗鬼になるのも仕方ない。

しかし、一つの思想を忠実に貫こうとした結果生まれた言い訳を並べているだけだ。

だからこそ俺の言葉に男は詰まった。

「……それは」

「時間が惜しいか？　ウェイラ帝国は迫ってきているからな。安心しろ。俺たちに攻め入るつもりはない。すぐにでも海戦のために発《た》てばいい。だが、こちらも食糧の問題があって長居はできない」

「だから試せというのか。――大事な民に。大陸のおまえたちの薬を」

民を思う気持ちが滲《にじ》み出た。初めて男が本音を漏らした。

男の真摯な気持ちが垣間《かいま》見《み》えて、ソリアの怒りもいくばくか収まったようだ。

「ご安心ください。試験はこちらで済んでいます。我々は特効薬を置いてこのまま去りますので、どうか頭の片隅にでも覚えていただければ幸いです」

ソリアの言葉に男が奥歯を嚙みしめている。

そして覚悟を決めた面持ちで頭を下げた。

「五頭任家、アトウ・ハルキヨだ。ありがたく、使わせていただく」

「──はい！」

想《おも》いは通じる。

ソリアの言葉は本当だったようだ。

見ていて口が綻ぶような光景を目の当たりにしていた。

「おい、一人連れてきてくれ」

「はっ……それはつまり？」

「病人だ。本当に効くか試す」

「………！」

どうやら腹をくくったようだ。

これで彼女らのお願いも達成できた気がしたが。

アトウの後ろに構えていた副官らしきやつが──片手を挙げた。

「──それは重大な裏切りです」

「きっ、きさま……!?」

ああ、合図だ。

それを理解したのは魔法と弓矢が空から飛んできて、東和国の兵士たちが向かってきてからだった。

東和国が放った魔法が迫りくる。

だが、それらを塗り替えるような閃光《せんこう》が遍《あまね》く上空を過《よぎ》った。

ブレス。

黒竜の炎がすべてをかき消した。

「貴様、なぜっ！」

アトウが副官に詰め寄る。

「我々は東和国の人間だ。東和国の特効薬でなければ和を乱す」

「先ほどの会話を聞いていただろう!?　それはもう――」

「それが裏切りだと言うのだ」

副官がするりと刀身を抜く。

もう彼の意見を翻す暇はない。

アトウも応じて一騎打ちとなり――副官の男の首を刎《は》ねた。

意図せぬ事態にアトウが東和の軍勢に声をかける。

「待て！　仕掛けるな！」

だが、その叫び声は虚《むな》しくも届かない。

彼らの大地を踏み込む音と、奮い立たせる声は大きい。

副官の首が飛んだことに気づいた前方の兵士でさえ、立ち止まれば後方の兵士たちに踏みつぶされてしまう。

その勢いは止まらない。

仕方ない。

「少し眠らせるぞ」

アトウの前に立ち、半ば強引に許可を取る。

後ろからアトウが慌てた様子を声音に乗せた。

「ダ、ダメです！　彼らは一人一人が鍛えられて――」

「――ジードさん。お願いします」

「無理そうなら私がやるからな」

アトウの声に被《かぶ》せて、ソリアの声だ。さらにフィルも続いた。

後ろには黒竜も控えている。

「元からこういう荒事のために来てるんだ」

移動手段は竜の紹介だけで良い。

ここまで来たのはソリア達《たち》を守るためだ。

殺気立ちながら迫ってくる大群に片手を向ける。

「伍式《ごしき》――【激震《げきしん》】」

魔法が波長を生み、視界をぐらりと歪《ゆが》ませる。

かつてウェイラ帝国軍に対しても似たようなものを行使した。それは自分の魔力をぶつけて、対象の魔力をズラして吹き飛ばすものだ。そうすることで敵を魔力枯渇に持っていき行動不能に陥れる。

(だが、欠点があった)

それは魔力操作の熟練者に対しては効かない点だ。

たとえば冒険者でいえばCランク以上には効果がないだろう。

だからこそ、この魔法を思いついた。

(効かないなら、魔力で魔力をもっとかき乱せばいい)

我ながら馬鹿げた考えだと思った。要するに力業だ。

しかし、たった一撃で戦闘不能にできるのなら試すだけの価値はあるはずだ。

結果は前に竜達へ使ったことで分かった。そして今回も同様の結果だ。

ただの魔力操作が、魔法へと昇華した。

「……なんと」

アトウが一言だけ漏らして眼前の景色を呆然《ぼうぜん》と眺めていた。

東和の軍のけたたましい声は静まり返り、数千の兵が沈んだ。

「あの感覚は嫌だのお」

黒竜王が背後から言う。

そして、ロロアが応じた。

「身体《からだ》が言うことを聞かなくなるもんねぇ……ジードの魔法じゃなかったらムズムズすると思う。逆にジードだったらいくらでも……！」

と。

かつて実際に魔法を受けたことのある面々が語る。

「おまえ……いよいよ人外だと目に見えて分かるようになってきたな」

フィルが呆《あき》れを匂わせながら言ってくる。

隣ではソリアも目を丸くさせたまま黙っていた。

「おいおい。血を流さずに終わったんだぞ。もっとあるだろ、褒めるとかさ」

それぞれ思い思いの反応をしてくれるのは良いが、変な空気になるので辞めてほしい。

「か、彼らは生きているのですか？」

「ああ。しばらくしたら起き上がれるようになるさ」

戸惑いを隠そうともしないアトウが軍隊を見つめる。

「それでどうする？　行動不能にさせたから、あいつらはしばらく動けないぞ。病人は今も苦しんでるんだろ？」

「はっ……！……あまりの衝撃に忘れていました。早いところ特効薬を運ばないといけません！」

ソリアが顔を振ってから後ろに指示を出す。

「では、東和軍の馬車をお使いください。兵站《へいたん》にも荷馬車はあります。その代わり竜達には動けなくなった彼らを見守ってはいただけないでしょうか」

「竜に？」

「この付近は魔物が出ますので誰かが見ていなくてはいけません。私は領民に説明する必要があるので貴方《あなた》がたに同行しますが、そうなると副官だけではどうにも」

首を刎ねたのとは別の副官らがいる。

だが、彼らだけでは数が圧倒的に足りない。

そこで竜達の出番というわけだ。

「彼らが起き上がる頃には事情も説明できるはずです」

「なるほど。頼めそうか？」

「ジードの頼みなら受けるわよ！」

「それは全然かまわないが、そろそろ食糧が尽きそうだ。我らも巣に戻らなければならない」

「……ふむ。それなら兵たちが起き上がったら帰ってもいいんだが。今度は俺やソリア達が帰れなくなる」

「でしたら帰りは我ら東和国の船をお使いになられますか？」

アトウが言う。

一瞬だけ裏切られた時の末路を想像した。

島から出られないかもしれない背水な状況だ。

まぁ、しかし。彼の目に曇りはない。

「それだと楽だな。ソリアはどう思う？」

「私もそれで良いと思います」

にこりと返される。

決まりだな。

「じゃあ、竜達は兵が起き上がれば解散してくれ」

「え～、お別れー……？」

「また会えるさ。迷わず帰れそうか？」

「無用な心配だ。大陸の匂いはここからでも辿《たど》れる」

「鼻も利くのかよ。すごいな。――まぁなんにせよ。ありがとな。ここまで連れてきてくれて」

「次もいつでも呼んでいいんだからね！」

「ああ。また困ったことがあれば頼むよ。おまえたちも何かあればいつでも来てくれ」

そんなこんなの会話をしながら、俺たちはここで別れた。

それから俺たちは東和国の第五頭任の領地へ足を踏み入れた。

文化に多少の違いはあれど、文明レベルは大陸と大して変わらなそうに見える。

だが、領地の街並みは疫病が流行《はや》っているためか活気がないようだ。

かつては露店を営んでいたのであろう廃棄物が転がっていて、家々は扉や窓を閉めている。

こうなっている原因は戦争をしていることもあるのだろうけど。

「アトウ様！　その方々は……？」

俺たちを迎え入れた男が怪訝《けげん》そうに尋ねてくる。

「大陸の方々だ」

「大陸の!?　し、しかし戦争中では……！」

「それとは別の国だ。それよりも一人でいいから病人を連れてきてくれるか」

「病人と言いますと……まさか『神の息吹』の……？」

「ああ。――彼らが特効薬を持ってきてくれたのだ」

アトウが言うと、男が肩を脱力させてありえないものを見るような目つきになる。

しばらくキョロキョロとして目じりに涙を浮かべていた。

「……わかりました！　今、連れてきます！」

ここでもアトウが裏切ったなどと言って戦闘が起こるかもしれないと懸念したが、そうはならなかったようで一安心だ。

それから神聖共和国の兵士が即座に対応できるよう、路上で荷馬車から特効薬を降ろして並べていた。

ソリアが近くに寄ってくる。

「感染するかもしれません。ジードさんにも打たせてください」

「予防にもなるのか？」

「はい。ジードさんほどの方ならば疫病なんて物ともしないと思いますが」

「いいや、万が一でもうつったら大変だしな。ありがたく使わせてもらう」

実は初めての注射だった。

異物が身体に入るのは違和感でしかない。最初は無意識に魔力で皮膚を固めてしまったが、受け入れれば何のことはなかった。

それから病人が運ばれてくる。

かなりの重病者のようで左胸のあたりを苦しそうに摑《つか》みながら悶《もだ》えている。そして、その手さえも黒ずんでいた。

「注射してください」

ソリアに言われると騎士の一人が慣れた手つきで特効薬を注入する。

しばらくの間は苦しんだままだったようだが。

「……ぁれ……？」

力んでいた手が緩んでいる。

顔色は生気を取り戻し、自分の身体を眺めていた。

黒く染まっていた肌色は少し青白いが正常の範囲に戻っている。

「大丈夫ですか？　聞こえますか？」

「は、はい……」

「痛みや苦しいところはありますか？」

「な、なんだか楽になっています……苦しくないです……！」

効いたようだ。

それを聞くと騎士の間でも歓喜の声が漏れた。

見るとアトウが涙を流している。

「……本当に効いたのか。それもこんなすぐに……」

半信半疑だったのだろう。

アトウの肩には多くの心配事が伸《の》し掛かっていたはず。

それが軽くなった瞬間を目の当たりにしたのだから、この反応も自然なものだ。

「エルフの神樹を基に作った薬です。身体に害はなく、即効性も高い。万能薬とまではいきませんが、今回の疫病に対しては最強と言ってもいいでしょう」

ソリアが応えた。

前にもそんなことを言っていたのを覚えている。

アトウが不思議そうな顔をした。

「エルフの……？　聞いていた話ですが、大陸は常に争っているのではないのですか？　特に種族間となると惨《むご》い戦いになると聞いていますが」

「かつてはそうでした。エルフもまた人を拒みそうになって……でも、ジードさんが動いてくれて。彼らを助けて。そしてこの薬の基にもなった神樹の樹液をもらえました」

ソリアが俺を立てる。

本当は彼女だって、そして隣にいるフィルだって。ギルド職員のルックだって。――今、東和国が戦っているウェイラ帝国軍の一人であるユイだって動いた結果の功績なのに。

それでも俺を立てたのは、きっと説得力を持たせるには一番シンプルだからだろう。

俺が東和国の軍勢を一瞬で沈ませたから。

だから今はその一言だけで済ませるのが一番早く、そして納得がいく。

「……とてつもない。我らの理想とするべき和だ」

ソリアが褒めてくれた理屈はわかるが照れ臭いな。

ここにいるのも気恥ずかしくなるくらいだ。

不意にアトウが続けた。

「ジード様、ソリア様。どうか我が屋敷に来てくださいませんか。折り入ってお頼み申し上げたいことがあります」

その目は必死に縋《すが》るような眼差《まなざ》しだった。

アトウの屋敷は木造の古風なものだった。

家具もテーブルや椅子ではなく、綿が入っているであろうクッションを用意されたのでそこに座った。

アトウと向き合うのは俺とソリアだ。

「それで頼みとは？」

ソリアが単刀直入に尋ねた。

まぁ、雑談をする時間もない。アトウの頼みは俺も想像できていた。ソリアもきっと同じだろう。

「──どうか我ら第五頭任領をあなた達《たち》の国の一部にしてはもらえないだろうか」

やはりというか。

想像に難くない言葉だった。

「ウェイラ帝国に攻められているからな。探知魔法を使っているから分かるが、帝国はすぐに到着する」

東和国の軍事力は主に海戦に割かれているようだった。

陸上では流石《さすが》にウェイラ帝国を打ち負かすことはできないだろう。

あるいは覆すほどの軍事力はあるかもしれないが……俺が彼らの兵を行動不能にさせてしまった。

もはや抗《あらが》う術《すべ》などないのだ。

申し訳ない気持ちはある。だが、こちらが殺されるわけにもいかないから仕方ない。そう納得させてもらうしかない。

「神聖共和国には一つの制度があります」

「制度ですか？」

「『保護領』といわれるものです。食糧難や災害、あるいは東和国のような疫病に見舞われた国を守る制度です」

「なるほど……そんなものが」

アトウが食い入るように聞く。

彼らからしたら救いの制度なのだ。それも当然だろう。

「ただし、これには幾つかの条件が存在します」

「条件？」

「今後は神聖共和国が盟主を担う『連合』に入ってもらいます。まぁ、連合とはいっても各国で同盟を結ぼうというだけなんですけど」

「同盟……ですか」

アトウが難色を示す。

場合によっては一切を搾取される属国のような立場になる可能性がある。それが嫌なのだろう。

だが、不安を振り払うかのようにソリアが続ける。

「安心してください。同盟の条件は助け合い、攻め合わない。ただこれだけです」

「攻めないのは分かります。しかし、助け合うとは具体的にどのようなことでしょうか？」

「連合の食糧難に見舞われた国があれば、みんなが分け合って提供する。災害に見舞われた国があれば、みんなが人員や物資を送り込んで復旧の手助けをする。大国に攻められれば、みんなが兵を出し合って協力する。連合とはつまり、こういうことです」

言ってしまえば共同体のようなものか。

ある意味ではウェイラ帝国に似ているものがある。

ウェイラ帝国は属国を従属させて、神聖共和国では連合として話し合いでまとまる。

そうすることで勢力を保っているわけだ。

「しかし、我らは連合に馴染《なじ》めるのでしょうか。こうして間には海が横たわっているのですが……」

「そこに関しては無用な心配だと思います。我らの連合には他種族もいるくらいですから」

「ふむ、そうですか。それは……我が領にとっては助かりますが……」

アトウの歯切れが悪い。

かなり言いづらいことを続けようとしているようだ。

それを察したのか、ソリアが言葉を遮った。

「ウェイラ帝国を止められるか。ですね?」

「……はい。ジードさんの力は疑いようのないものですが、それでもかの国の強さは海を隔てていても聞こえてきます。あなた方にまで迷惑をかけたくないのです」

ふと気になったので疑問をぶつける。

「ん。俺は神聖共和国の人間じゃないぞ?」

「え!? そうなのですか!? ではどうして神聖共和国と……」

「ギルドっていう組織での仲間なんだ。だから協力している」

「ああ、そうだったのですか。なんとお優しい……!」

「ええ! そうなんです! ジードさんはですね……!」

やばい。

話がズレてしまった。

「あー、俺から話しておいてなんだが本題に戻ろう。神聖共和国がウェイラ帝国を止められるか、だろ？」

「はっ！　そうでした……！」

二人が気を取り直す。

それからソリアが咳払《せきばら》いをして本題に戻る。

「神聖共和国はウェイラ帝国を止めるだけの力はありません。たとえ今ある連合の国家が集ったところで意味を成しません」

「で、では意味がないのでは」

「ご安心ください。それはあくまでも武力面での話です。神聖共和国には別の手段があります。言ってしまえば、それこそが神聖共和国の武器となりえるものです」

「宗教……ですね？」

「ご存じだったのですか」

すこし意外そうにソリアが言う。

「ええ、かつては東和国からもアステア様の神託を受けて剣聖になった者がおりました」

たしかソリアもそんなことを言っていたな。

そこから東和国がアステアのことを知るきっかけになったのだろう。

「今は真が付いて、真・アステア教になりました。お恥ずかしい内幕があるのですが」

「そうでしたか。いえ、そちらにもいろいろと都合があるのでしょう。我ら東和国は人が全てを成すと考えているため無宗教が多いですが、海を渡ってそちらの宗教を信仰する者も少なくありませんから」

「へぇ、そうなのか。道理で神聖共和国が疫病の件やらに詳しいわけだ」

「――ウェイラ帝国にも真・アステア教の信者がいます。帝国も宗教による国内の分断を恐れて私たちと戦うのは望まないはずです」

なるほどな。

とくに東和国は海を経由しなければ辿《たど》り着けない。支配しても管理に手間がかかる。わざわざ神聖共和国を相手取ってまで敵にしたくはないだろうと踏んでいるわけだ。

「そうですか。わかりました。……それならば、ぜひとも保護領のお話をお受けさせていただきたく」

「ええ、よろしくお願いします」

ソリアは微笑《ほほえ》みながら彼らを受け入れた。

◇

ウェイラ帝国の軍勢が東和国の岸にまで到達した。

しかし大量の船舶は一切の攻撃を加えられず、敵対国とは思えないほど不自然に迎え入れられていた。

「これはジードが何かしたな」

ルイナが不敵に笑う。

まずは先に陣地を取るべく、海岸沿い一帯に防衛網を敷く用意の指示をするところだった。

そんな彼女の元に伝令が遣わされる。

「ルイナ様！　東和国第五頭任領の使者が参りました！　神聖共和国の者どもと、ギルドの男もおります！」

「やはりですか」

ルイナの傍らに構えていた軍長が苦虫を噛《か》み潰したような顔で伝令の言葉を受ける。

戦いは膠着《こうちゃく》していない。ウェイラ帝国もまだ戦える上に疲弊していないのだ。本来ならばこのタイミングでの使者は追い払うのが常だった。

だが、神聖共和国とジードが出てくればそうもいかない。

「会おうじゃないか。場所は作っているか？」

「まだです。船舶内の軍長会議室はいかがでしょうか」

「いいだろう。そこに通せ。我らも向かおう」

ルイナが踵《きびす》を返す。

それについていく軍長ら。当然、そこにはユイもいた。

ルイナがユイのほうを一瞥《いちべつ》する。

「神聖共和国が来たということは。おそらく『保護領』の申し出だろうな」

「……」

「予期していた事態だ。疫病が蔓延《まんえん》していたのだからな。やつらとしても都合のいい口実だ」

「……」

ルイナの独り言のようにも見える。

だが、その実はユイの表情の機微を見定めてルイナが語りかけていた。

「安心しろ。おまえの望み通りにする」

その言葉には優しさが含まれていた。

冷徹な女帝とは別の、なにかが。

◇

ルイナとの謁見を申し出た俺たちが案内されたのはウェイラ帝国の軍船だった。

中でもひときわ巨大なもので、内側だけを見るならば要塞だと言われても納得できる迷路だ。

「久しぶりだな。ジード、ソリア。そして初めましてだな。第五頭任アトウ・ハルキヨ」

そこは何か会議でも行うような一室だった。

ルイナは中央の席に座り、こちらを見ている。ユイがその背後にいて、周囲には見たことのある軍長らが待機していた。

ソリアとアトウが一礼する。

「お久しぶりです」

「初めまして。女帝ルイナ様」

かなり緊張が走る一場面だ。

些細《ささい》なきっかけで戦いが起こりそうな、そんな気配がある。

俺も遅れて、

「ああ、久しぶりだな」

と、返しておいた。

……いや、敬語のほうがいいのか？

改まった場所だしな。

でも俺、敬語をいまだに覚えていないから下手に使うと非礼に当たりそうで怖い。

「先に確認しておきたいことがある。ジードは何故《なぜ》ここにいる？」

ルイナが俺を見て聞いてきた。

たしかに彼女からしてみれば違和感のある存在だろう。

「ソリア達《たち》の手伝いだ」

「手伝い？」

「薬の運搬だよ。竜が飛んでたの見たろ？」

「ああ、やはりおまえの仕業か」

くく。とルイナが笑う。

なにが面白いのか俺には分からないが、納得してもらえたようだ。

「では我らに敵するわけではないのだな？」

「ああ。そのつもりはない」

戦争に介入する予定は最初からなかった。

黒竜たちを引き連れることによって間接的に関わってしまったが。

「そうか。ところでクエナは元気にしているか？」

「ん？　ああ、元気だよ」

「ふむ。なら良かった」

まさかルイナからそんな問いが来るとは思いもせず身構えてしまった。

クエナの話では身内同士の関係なんてまるで希薄なものだったからだ。クエナが使えると分かったから気にかけだしたのだろうか？

「さて。それでは本題に入ろうか。どうして私に会いに来たのかな」

ルイナの問いにはソリアが返した。

「今後、第五頭任の領土は我ら神聖共和国の保護領となりました」

「おまえにその采配も任されているのは知っている。だが、おめおめと『はい、わかりました』と我らが二つ返事するとは思っていないだろうな？」

「こちらもタダとは申しません。戦いで生じた損害に対する相応の補償金を第五頭任に代わって神聖共和国がご用意させていただきます」

「金か。金も大事だな。では他の領土はどうするのだ？　東和国にはあと四つもある。さすがに国の一部地域だけを保護領に編入した前例はないだろう？」

「……今、保護領の打診を行っている最中です」

「それを待てと？　迎え撃つ準備をさせておけ、と？」

ここからは金で補える部分ではなくなった。

それにルイナとしても金だけで解決しようとは思っていないはずだ。

「どうか、一週間お待ちいただけませんか？　それから一切、神聖共和国は東和国とウェイラ帝国の争いには関りません」

「一週間か。そこまで待ってやる理由がないな」

「……理由」

ルイナも当てのない話し合いをしているわけじゃないはずだ。

彼女が欲している何かがある。

ソリアはそれを探ろうとしているが、どうにも見当がついていない。

ルイナが微笑む。

「保護領の打診を断られた場合、その領土をウェイラ帝国がいただく」

「それは神聖共和国も関知できないことですので――」

「さらに、ジードも一緒に東和国を攻める。これでどうだ？」

「な！」

ルイナの申し出にソリアが言葉に詰まる。

なるほど、そう来たか。

「ジ、ジードさんに侵略をさせるなど……！」

「しかし、それ以外に我らが一週間待つメリットを提示できるのか？」

「それとこれとは……っ」

ソリアがあくまでも反論に徹する。

だが、その実でソリアも持っているカードがない。返す言葉を探しても見つからない様子だ。

あるいはソリアも別の妥協ラインがあったのかもしれないが、ここにきて俺のご指名は予想外だったのだろうか。

（案外、考えてみればルイナが提案してきそうなことだな）

俺を投入すればウェイラ帝国の被害を抑えられる。

海戦の分の補償に加えて、ほかの領土も手に入れば美味《おい》しいことこの上ないだろう。

「――私が責任を負います！　だからどうか、これ以上は辞めていただけませんか――ユイ様！」

不意にアトウの声が響いた。

誰もがアトウに視線を向ける中で、彼はユイを見つめながら体勢を崩した。

両手と両膝を地面につけて、視線を下げる。

「あなたのご両親を殺したのは……隠すまでもない。私です……！　すべての責任は私に……！」

突然のカミングアウトだ。

ユイとルイナは知っていたのか、平静なままだった。

「ああ、そうだろうとも。はっきりとユイは見ていたからな」

「……面目……ありません！」

「だが、その決断をくだしたのはおまえか？　いいや。違うだろう？」

「それは……」

「協調を乱したから、目障りだからと他の領主が命令した。下手人はおまえでも首謀者は違う」

ルイナの静かな問い詰めにアトウは口を開けなくなっていた。

「さっき、おまえは『すべての責任は私に』などと言ったな。本当にそう思っているのか？　この戦争のきっかけを作った……と？」

「は、はい……！　それはもちろ……！」

「よしんば、そう思っていたとしよう。だが、それは誤りだ」

「な、なにがっ」

「どうして今回の戦争が起こったと思う？　簡単だな。おまえ達がユイを暗殺しようとしたからだ。我がウェイラ帝国の軍長を」

その事実に疑いはない。

アトウも聞くに徹している。

ルイナが続けた。

「しかし、おまえ達が気づけたのはどうしてだ？」

「それは大陸側から来た情報を頼りに……」

「ああ。おまえ達が動向を探るために遣わせている密偵からの情報だろう。だが、どうして今までユイの存在を知らなかった？」

回りくどい言い方だ。

それでも核心には近づいてきた。

ユイはかつてギルドのSランクだった。しかし、彼女は目立っていなかったそうだ。いや、目立とうとしなかったが正解か。それはかつてリフから聞かされていたものと同様だ。

Sランクは嫌でも目立つ。それは経験している俺だからこそ分かる。だからこそ、最年少でSランクに至ったユイが目立たないのは不自然だ。

しかもウェイラ帝国に引き抜かれてもバシナのように軍長として派手に活躍するのではなく、裏方の暗部に徹していた。

「ユイがおまえ達から隠れていたからだ。――しかし、おまえ達は気づいたな。なぜ？　簡単だ。私がそう仕向けた。おまえ達が情報を摑《つか》めるように軍長にして目立たせたんだ」

「……！」

相変わらずエグい手を使ってくる。

正直ドン引きだ。

「つ、つまりこの戦争はウェイラ帝国が……」

「ああ。こうなるように仕向けたのは私だ」

やけにあっさりとルイナが認めた。


だが、その先にあるものは。

「だから最後までやる。私が引き起こした戦争なのだから。お前ごときが我が帝国を動かしたなどと思うな。傲慢になるなよ。なぁ、ユイ」

「――……滅ぼす」

寡黙なユイが口を開く。

一同が凍り付いた。

アトウの正直な告白は結果的に話し合いを悪い方向へ進めてしまった。

こうも敵意を明確にされてはどうしようもない。

「ど、どうかご勘弁を……！　私が死んで償いますので……どうか！」

「だから言っているだろう、貴様の死などに価値はない。所詮は傀儡《かいらい》だ。どうせ今回もユイを殺すよう指示したのは第一頭任らだろう？」

「……ぐっ」

お見通しだと言わんばかりの様子だ。

一方的な会話にソリアも口をはさむ余地がない。

「くく。安心しろ。滅ぼすのは人ではない。貴様らの思想だ。それがユイの望みなのだからな」

「思想……？」

「くだらない和とやらの同調圧力を滅ぼしたいのだよ、ユイは」

ルイナに視線を配られ、ユイが頷《うなず》く。

「で、では……」

「端からおまえの責任など誰も興味がない。ユイが恨むのは人ではなく、考え方そのものだ。たかが命一つで晴らせるものではない」

蚊帳の外であることを面と向かって伝えられ、アトウは押し黙るほかなかった。

この場は既にルイナが支配している。

「ならば我ら神聖共和国がその思想から解き放ってみせましょう。合議制あるいは民主制に基づいた国家の基盤を作り上げます。国民ひとりひとりの意思が尊重されないために今の強いるような圧力が生まれているのです。その状況を覆しましょう」

そんな場をなんとか封じようとソリアも動く。

不意にルイナが俺を見た。

その目はどこか試すようなものだ。

「思想という形なきものへの対処に絶対の解を出すのは難しい。議論は平行線を辿《たど》るだけだろう。ここはジードに決めてもらおうではないか」

「俺……？」

「ああ。竜を送り込んで戦場をかき乱したんだ。その功罪と発言は此度《こたび》の戦争では無視できない。だからおまえの意見を聞かせてくれ」

一斉に目が向けられる。

俺の一言に誰もが集中している。

（ソリアの頼みを聞いたから来ただけで別に意見なんてない……が、一度整理してみよう）

ルイナの目的は思想の改革。裏には領地と資源の拡大もあるだろう。

ソリアは平和のために戦っている。特効薬を使って人々を治したい。一方で疫病で弱っている国を保護して味方につけたいという考えもあるはずだ。

そして、アトウは国と人々を守るために戦っている。これに裏はないだろう。この場で唯一の純粋な気持ちだ。

大陸の思惑に巻き込まれただけの東和国に同情するのは自然か。あるいはウェイラ帝国に余計な手を出して自滅したとでも思うべきか。

「東和国は神聖共和国に任せてほしい」

「「「――」」」

各々の表情は容易に推察できる。

喜びはソリアやアトウだ。

そして、ウェイラ帝国側は芳しくない。それも当然の話だろう。帝国にしてみれば戦果を横取りされたのと同義なのだから。

だが、ルイナだけは表情を崩さなかった。

「そうか。なら私はそれで良い」

むしろ、あっさりと俺の意見を呑《の》んだ。

しかし、俺の言葉には続きがある。

「でも、ウェイラ帝国も監督してくれ」

「――ほう」

ルイナの瞳が興味深そうに輝く。

「ジードさん、それはどういう……」

「ウェイラ帝国がこの国に来た目的は思想を滅ぼすこと……なんだろ？　でも、きっとそれは難しいことだと思う」

「ええ、だから帝国は東和国を……」

滅ぼす。あるいは人を――。

その可能性も大いに考えられるほどにウェイラ帝国は強大であり、強硬だ。

だからこそ俺の意見だ。

「改革の主導は神聖共和国だ。そこにウェイラ帝国も入って監督すればいい。それで折り合いを付けられないかな」

きっと面倒なことになる。

ウェイラ帝国が主導権を握ろうと難癖を付けてくるかもしれない。

でも、それは俺の知ったことではない。

だって俺が対処するものではないからだ。

きっと、この場で俺が求められているのは両国が納得しやすい折衷案だったはず。そして、俺が考え付いたのがこれだ。

「面白いじゃないか。ウェイラ帝国はジードの話に乗ろう」

「……わかりました。神聖共和国も賛同しましょう」

こうして話は相成った。

それは必ずしも満足のいく答えではないのだろう。

しかし、そこは素人である俺の意見を聞いたのが運の尽きだったと思ってほしい。

それから今後の予定などについての話し合いが終わり、ソリアや俺達《たち》はアトウの領地に戻ろうとしていた。

「待て、ジード。少し構わないか？」

不意にルイナが声をかけてきた。

隣にはユイもいる。

俺よりも先にソリアが反応を示した。

「今後の詳細については後日話し合うはずですが」

「なに、雑談だ。久しぶりに会ったのだから妹の話くらい聞かせてくれ」

「……そうですか」

ソリアが警戒しているのは、俺がウェイラ帝国に懐柔されてしまわないか、という点だろう。

だが、ここまで話を進めておいて悪意のあるような行動はしない気もする。

そんな考えは純粋すぎるだろうか。

「俺は構わない。ソリア先に行ってくれるか？」

「わかりました。何か変なことをされたら言ってくださいね……？」

心配そうに見上げるソリアに苦笑いで頷いておいた。

それからルイナの方に向かう。

通されたのはルイナ専用の部屋だろう。

軍船の中に貴族の豪邸のような一室が用意されている。

「ジード、よくやってくれたな」

「……なんの話だ？」

「色々あるさ。まず今回の海戦はウェイラ帝国が負けるはずだった。こうして接岸するのは東和国の軍であってウェイラ帝国軍ではなかっただろう。おまえがいなければ」

「ああ、あの時のことか……」

「そうだとも。竜族にしてもそうだ。本来なら我らウェイラ帝国に敵対する存在だった。しかし、間接的とはいえ、おまえの一声で奴《やつ》らを手助けさせた」

「別に意図していたことではない。偶然だよ」

「そうだな。ここまでは偶然だ」

ここまでは？

引っかかる言い方をする。

するとルイナが上機嫌そうに微笑《ほほえ》んだ。

「ようやく我が夫としての自覚が生まれたか？」

「お、夫……!?」

思わぬ言葉に心臓が飛び出しそうになる。

そういえばルイナそんなこと言ってたな……。

「ああ、そうだとも。本来なら我らウェイラ帝国が東和国の領土にありつけることはなかった。だから今回はジードの意見には耳を傾けるつもりだった。そのうえで、おまえは手助けをしてくれただろう?」

「……監督のことか?」

「そうだ。それに一週間もあればウェイラ帝国の援軍も来る」

……なるほど。

ルイナからすれば帝国は撤退して然《しか》るべきだったと考えているわけだ。

だから『監督する』という立ち位置まで用意してくれた俺はウェイラ帝国にとっては味方であるという見方ができる。

そして、そもそもソリアと話し合っていた『一週間も待ってやるのはウェイラ帝国にとって不利である』ということも、実を言えば『ウェイラ帝国にとって一週間もあれば東和国を制圧するほどの援軍を呼び寄せることは容易《たやす》い』というブラフだった、と。

相変わらず、ルイナはとんでもない女傑だ。思考の巡らせ方が違う。

「仮に神聖共和国が打診に失敗したら、ルイナ達は東和国を獲《と》るつもりか?」

「もちろん。思想を滅ぼすのはあくまでもユイの目的だ。私はさらに国という資源も欲しい。そして、ジードのおかげでそれに手が届きそうだ」

神聖共和国はソリアの手勢だけだ。

彼らも優秀であるが、東和国を力で説き伏せるには不足している。

そこでウェイラ帝国の登場だ。仮に彼らが力ずくで動けば各所に帝国の息のかかった勢力や場所を作れる。

ソリアもそこまで自由にさせないとは思うが……

「だとしても偶然だ。俺はそこまで考えてはいない」

「仮にこれが私の思い過ごしだったとしよう。それならどうしてウェイラ帝国にも利益を与えた？　あちら側の視点でウェイラ帝国は他国に一方的に攻め入っている悪者と捉えても不思議ではないだろう？」

「俺が東和国に来た目的は一つ。ただソリアの手助けをしたかったからだ。国がどうとか情勢がどうとか、あまり関心がなかった」

それは本当のことだ。

けど、と俺は付け加えて続ける。

「――ユイのことも手伝いたくなったんだ。きっと俺だったら憎しみを人にぶつけたくなる。それこそユイの立場なら実行犯のアトウを殺していたかもしれない。それでも立ち止まって考え方を改めさせようとしているユイは偉いと思った。だから手伝いたいんだ」

「ははっ。なるほど。だとさ、ユイ」

「……」

俺の言葉にユイが瞳を閉じる。

その姿を見たルイナが仕方なさそうにため息をついた。

「不愛想で悪いな。だが、これでも嬉《うれ》しがっているんだよ？」

「……ああ、そうかい」

「しかし、さすが我が夫だ。人のことを考えて動ける。これができる奴は早々いない。いつ挙式をしようか？」

「いや、やめてくれ……。俺はそんなつもりじゃないし、そもそも夫って。前から言っているが俺は帝王だとかに興味はないからな」

「照れるな照れるな。妾《めかけ》ならクエナと金髪の巨乳、あと愛想が悪いがユイも付けてやろうじゃないか。ユイも嫌ではないだろう？」

ルイナに話を振られるも、ユイは不動だ。

「くく、動揺してパニックを起こしているみたいだな。ああ、それにソリアと剣聖も迎え入れようじゃないか。随分とユニークな家族になりそうだな？」

「話を勝手に進める天才だな、ルイナ……」

ここまで来ると素直な称賛しか出てこない。

「まぁ冗談さ、一割くらいな」

「……それは冗談の範疇《はんちゅう》ではないと思うぞ？」

「ここからは真面目な話だ」

がらりと雰囲気が変わった。

人差し指を口元にまで持ってきて、いたずらに笑う。

「【光星《こうせい》の聖女】にはくぎを刺されたが、今後について話したい」

ルイナの瞳が怪しく光る。

本来ならば聞くべきではないかもしれない。

けど、ここで話を持ち出すルイナの魂胆を聞いておきたい。

「……話だけなら」

「ああ、結論から言おう。仮に打診が上手《うま》くいかなかった場合、少数精鋭による一点突破で領主たちの首を狙ってくれ」

そういえば先ほど言っていたな。俺にも参戦してほしいと。

これはソリアに聞かせれば反対していたかもしれない。彼女抜きで持ち出したのは正解だろう。

しかし、実のところ、

「元よりそのつもりだ」

俺はこの戦いに混ざるつもりだった。

混乱をもたらし、自らの意見で三国の行く末を決めた。その責任は負わなければならないだろう。

「良かった。人的資源も貴重でな。湯水のように使っていると思われるかもしれないが結構大事にしているんだ」

意外だな、とは驚かない。

ルイナの帝国運営はきっとブラックなのだろう。だが、きっと旧クゼーラ騎士団とは一線を画す。それはウェイラ帝国の強靭《きようじん》さに如実に表れている。人を使い潰す騎士団には帝国の強さは得られない。

「――ユイ、そしてジード。私はおまえ達二人だけで十分だと思っている」

「ああ、俺もそれで構わない」

フィルがいても良いが色々とうるさそうだしな。……なんて邪険にしてたら文句の一つでも言われそうだ。

「良かったよ、同意見でいてくれて。やはり私たちは気が合うな？」

「どうだかな……」

事あるごとにアプローチをしてきてやりづらい。

話を変える。

「てか結局クエナの話をしてないな。気にならないのか？」

ソリアと俺を引き離した口実だったはずだ。

珍しくルイナが目をパチクリさせる。

「いやいや、すまない。忘れていたつもりはなかったんだ」

「話すつもりはあったのか」

「ああ。優先順位を考えるとどうしても後回しになってしまう。クエナのことが嫌いとか興味がないとか、そういうわけじゃないんだ。……どうだ、元気にしているか？」

「元気も元気だよ。Sランクになろうと頑張っている」

「そうか」

ただ一言口にして、嬉しそうに頷《うなず》いた。

それは妹を想《おも》う、一人の姉の姿に見えた。

かつてクエナを腹違いの妾の子だと虐げていたようには思えない。クエナの思い違いか……？　あるいはルイナに仕える周囲の人間の言葉だったのだろうか。

だとしても、ルイナならば守ってやることができただろうに。

「ま、俺は行くよ」

「ああ、頼んだぞ。ユイのことも、クエナのことも」

「二人とも俺の手なんて不要なくらい強いよ」

肩を竦《すく》めながら、俺はソリア達《たち》の元に戻った。

◇

一週間という時間は長い。

アトウが他の領主たちに打診をしている最中はやることもない。だからこそ余計に時間は長く感じてしまう。

寝泊まりしている野営のテントを出て、軽く伸びをする。

「ふぁぁ……」

温かな日差しに思わずアクビが漏れる。

ふと隣から気配を感じた。呆《あき》れ顔のフィルがいる。隣にはソリアもいた。

「随分と気が緩んでいるじゃないか。もう昼だぞ」

「万が一に備えて休息をとってるんだ」

「ふん、物は言いようだな。私はさっきまで鍛錬をしていたぞ」

見ればフィルの首筋から小さな汗が流れている。見栄《みえ》や偽りではないようだ。随分と真面目だな。

「それで、どうして鍛錬をやめたんだ？」

「私が呼んだんです。今は貴重な休憩時間ですから。ジードさんも一緒に出掛けませんか？」

ソリアがニッコリと微笑《ほほえ》む。

なるほど。彼女達二人が俺のテントに来た理由はこれか。

「俺は構わないが出掛けると言っても森しかないぞ？」

少し歩けばアトウの治める領地がある。

しかしながら、前回行った時は街遊びできるような雰囲気ではなかった。疫病が流行《はや》っているのだから当然だ。

「それがアトウさんの街が活気を取り戻したみたいなんです」

……おっと。俺の予想に反して、どうにも早い復活をしたみたいだ。

「そんなことをしたら身体《からだ》に毒なんじゃないのか？　東和の人々は」

「薬が行き渡っているのでお祭り状態らしいですよ」

「へぇ、すごいな」

「そうですね。皆さん協力的で薬の奪い合いもなかったそうです。しかも薬が一気に浸透していきました。普通なら閉鎖的になったり、暴力的になったりするものなんですけど」

様々な場所を見てきたソリアだからこそ言えることなのだろう。

たしかに混乱が起こることは自然に考えられる。

「それ『和』ってやつなんじゃないのか？」

不意に連想した。

ユイが潰そうとしている思想だ。

「ええ。和という名の同調圧力……その良い面です」

ソリアも俺の意見に理解を示している。

「それで、行くのか？　行かないのか？」

フィルが待ちきれないとばかりに聞いてくる。

「ああ。行くよ」

せっかくだから薬の効果も見てみたい。

前回の重症者への投与は症状が目に見えて治っていたようだった。それから彼らはどうなるのか。そこが見てみたいのだ。

◇

もう街の外周からでも分かった。かなり賑《にぎ》やかに騒いでいる。

風船が飛んでいて、赤や青などの煙が漂っている。

本当に祭りをやっているじゃないか。

「おいおい、さすがに復活が早くないか？　疫病にかかってなかった奴《やつ》らだけが騒いでいる……とかじゃないよな？」

街の中に入る。真っ先に目に入ったのは楽しそうに往来を行き交う人々だ。それから酔っ払いが楽しそうに酒瓶を抱えながら道路の端で寝込んでいる。良い夢でも見ているのか笑顔を浮かべていた。

他にも子供たちが楽しそうに走り回っている。

「安心してください。ちゃんと薬で治っています」

「おまえ……ソリア様のお言葉を疑うのか？」

「いや、そうじゃないさ。ただただ凄《すご》くてな」

俺は丈夫な身体を持っている。だから疫病とやらにかかったことはない。禁忌《きんき》の森底《しんてい》を出てからは風邪にすらかかったことがないほどだ。

だが、それでも人の脆《もろ》さは知っている。

（あの疫病に侵されて陰鬱としていた街がこうも復活するなんてな）

神聖共和国の技術力は大したものだ。

そして、貴重な薬を混乱なく有効活用できる東和国の民の行動にも目を見張るものがある。

ユイが言うほどに和とは悪くないのではないのだろうか。そう思えるほどに。

「あ、ジードさん！　見てください。アクセサリーが売ってますよっ。この耳飾りなんて綺麗《きれい》じゃないですか？」

「ほー、いいなこれ」

小さな赤い宝石が埋め込まれたイヤリングだ。磁石で耳を傷つけなくとも付けられるタイプになっている。

「良かったら付けてみますかい？」

店主が勧めてくる。

ソリアも目を輝かせながら、俺の付けている姿を見たそうにしている。

まぁ、拒否する理由はない。それにアクセサリーというものに触れる機会もさほどなかった。

「それじゃ、ありがたく試させてもらうよ」

イヤリングを持ち上げる。

案外、簡単に取り付けられた。少し力を入れてアーム部分を開かせて、耳たぶの上にはめるだけだ。

「……どうだ？」

少し億劫《おっくう》に答える。

これで似合っていないとか言われたら一生トラウマになりそうだ。

「――！」

ソリアが驚いたような顔を見せる。それからポッと顔を赤らめて視線を逸《そ》らしてきた。

えっ、なにこの反応は。

そう思う俺をよそにソリアが右腕を突き出してサムズアップをした。

「素晴らしいです……！」

「……あ、ああ」

笑われている……というわけではなさそうだ。

「そちらのお嬢さんの言う通り、とてもよくお似合いですよ」

過剰なまでの反応を見せるソリアと対照的に、店主は至って普通のおべっかを披露する。

「な、なあ。たしかにそのイヤリングも良いがこの指輪とか……！」

フィルが横から露店にあった指輪を手に取って見せてくる。それは白と黒の指輪だ。

だが、さらに隣から店主が続けた。

「こちらのイヤリングなのですが、ペアのものもあるのです。お嬢さんもきっと似合うと思いますよ」

「ぺ、ペア……！」

とても商魂逞《たくま》しい。

青色の宝石が埋め込まれたものをソリアに見せる。たしかに形状が似ている。宝石も色こそ違うが大きさまで一緒だ。

「ジ、ジードさん……！　よ、よよ、よろしいでしょうか……!?」

ソリアが震え声で尋ねてきた。

かなり縮こまった様子で申し訳なさそうにしている。

「ああ、一緒に買おう」

「い、いえ！　ジードさんに払っていただくなんて……！　今回手伝って頂いた分のほんのお返しをさせてください！」

ソリアが有無を言わさずに代金を支払った。

その光をも置いていくかのような速度には俺でさえ付いていけなかった。

「へへ。毎度ありがとうございます！」

店主がにこやかな一礼。

それからソリアがイヤリングを付けた。

「ど、どうでしょう……!?」

元々が戦場に咲く花の美少女だ。そこに綺麗な耳飾りが付くと心地好いアクセントになる。

「ああ、似合ってる」

素直な感想だ。

それを聞くとソリアは嬉《うれ》しそうに頷《うなず》いた。

俺たちは大きな事件のない、東和国での日々を過ごしていた。

◇

夜。誰もが寝静まる時間だ。

そんな時に気配を感じた。

「だれだ？」

急な来訪者へ、テント越しに声をかける。

その気配の主はビクリと震えた。じゃり、っと踵《きびす》を返しそうな音も聞こえるが、踏みとどまったようだ。

「わ、私だ。ちょっと良いか？」

一拍置いて、上ずった声が聞こえた。

フィルだ。

「ああ、大丈夫だ」

「入る……ぞ」

テントをよけて、フィルが足を踏み入れた。

顔が赤らんでいる。

視線もたどたどしく動いていて、俺と目が合うのを避けているようだ。

しかも両手を腰に回して何かを隠している。

「ほら、座れよ」

「う、うむ。ありがとう」

神聖共和国に用意してもらった個人用のテントの中には家具が揃《そろ》っている。こういった来客を出迎えるくらいの椅子もある。

フィルが座ったのを見届けると、俺もベッドに腰かける。

「どうしたんだよ？　何かあったか？」

「な、何もないぞっ。変な勘繰りはよせっ！」

フィルが声を荒げて否定する。

しかし、身体《からだ》は強張《こわば》っているようで、傍《はた》から見るとちぐはぐに見えて面白い。

「……お、おい。時にだな。例の……約束に……ついてなんだが……」

声は小さく、そして震えている。やけに聞こえづらい。

約束？

フィルと取り交わした覚えはなかったはずだ。

いくら記憶を巡らせても思い出せない。

「悪い、なんのことだ？」

「……ス………」

より聞こえづらくなった。

「すまない。もう少し声量を大きく……」

「──キスの件だと言っているだろう！　何度も言わせるなっ！」

「待て待て、今度は大きすぎだっ」

さっきから声量が大きくなったり小さくなったり対応に困る。

……ていうか。

キスの件……？

フィルが乙女のようにもじもじとさせている。普段は男口調だし、男らしい態度が目立つ。だからこそ珍しく……

（キスって……あのキスだよな？）

フィルの様子を見るに接吻《せっぷん》の方のキスで正しいはずだ。

しかし、それにしても一体なんの……

（あ。そういえばあったな。Sランク試験の時にクエナとシーラとした約束だ）

たしかフィルはそれを聞いていた。

そして、さも自分も約束してしまったかのように反応していた覚えがある。

なるほどな。だから、さっきからたどたどしい態度だったんだな。

そういえば最初に会った時も不審そうだったのは、キスの件について考えていたからなのだろう。

随分と迷惑をかけてしまったようだ。

「ああ。悪いな、勘違いだよ。あれはクエナとシーラのモチベーションを上げるためのものだったんだ」

「なぁ……!?」

ポロリとフィルの腰に回して隠していた手から四角形の包みが落ちる。

落ちた拍子にパカリと中が開かれた。入っていたのは黒と白のペアルック指輪だ。それは露店でフィルが気にかけていたもの。

俺の返事を聞いて固まってしまったフィルに代わって拾ってやる。

「落としたぞ?」

「い、い、いい！　いらないぞ……！」

フィルが押し返してくる。それから続けて口を開く。

「わ、私は別に勘違いなどしていない！　別にキスなんて求めてない！　その指輪だって適当に買ったやつだからな！」

フィルが涙ぐみながら出ていこうとする。

「待て」

去ろうとするフィルの腕を摑《つか》む。

どことなく期待の込められたような上目遣いで俺のほうを見てきた。

「いらないって言われてもおまえのだしな……ほら」

「くそおおおおーううううう！！！」

静かな夜にフィルの泣き声が響き渡った。

……一体なんなんだ。

第四話　かつての慟哭と共に

一週間が経《た》った。

第四頭任領に向かった使者は帰ってきた。そいつの報告では「神聖共和国の保護を受ける」という話だった。

領主自らも帯同していたので安心して良いだろう。

それを聞いたソリア達《たち》は薬を用意して送った。

だが、第四頭任以外の吉報は待てども来なかった。

――使者すらも。


「――では、残る領地は武力を以《も》って制圧する。ということで良いな？」

「もう少し待ってはいただけませんか？　何か……起こっているかもしれません」

「これ以上は待てない。迎え撃つ用意をされていては被害もバカにはできない」

「……ですが」

「良いな？」

「……っ」

交渉の場で、ウェイラ帝国の進軍が決まった。

とはいえ、俺とユイの少数による制圧——あるいは領主の暗殺がメインであることは事前に話した通りだろう。

「安心するが良い。少数で動けば味方も敵も被害は少ない」

「少数……？」

「ユイと……そうだな。ジード、おまえも手伝ってやってくれないか？」

まるで初めて提案したような演技だ。いま思いついたとさえ錯覚する。

当然、あらかじめ談合があったとすればソリアは怒るだろうからな。

今以上に。

「なっ！　ジードさんのお手を汚させるつもりですか!?」

「——いや、俺は構わない。何よりも急がないと病気で苦しんでいる奴《やつ》らもいるんだろう？」

「……ジードさん。わかりました、あなたが仰《おっしゃ》るのなら」

渋々、ソリアも頷いてくれた。

陽《ひ》も暮れる夕方。

俺はユイと合流した。

「よ。手ぶらで来てるけど問題ないか？」

「……」こくり

ユイが一度だけ首を縦に振る。

いつもより物静かだ。いや、気配を殺している。一瞬でも目を逸《そ》らせば気配を見失ってしまいそうなほどに。

もう仕事モードに入っているわけだ。

「……」

ユイが合図もなしに走り出す。とりあえず彼女の背を追う。

かなり速い。何よりも足音がない。耳を澄ませば風を切る音が微《かす》かに届くくらいか。それも近くにいて、ようやく。

「場所は分かるのか？」

「……」

返事はない。

まぁ、こうして走っているのだから分かっているのだろう。

ここは彼女の故郷だし、ウェイラ帝国が道順を抜かるはずもない。事前に地図やらを調達しているだろう。

「……」

「……」

沈黙が続く。気まずさなどの嫌な空気感はない。

しかし。

(ユイがいつも以上に静かなのは……仕事モードに入っているから……か？)

もしも俺がユイの立場だったら、と考える。

ユイにとって領主達は全員が仇《かたき》だろう。今から、それら領主達を制圧あるいは──殺すことになる。

そこに民を救うという正義はある。だが、人を殺すことに抵抗がないわけではない。ましてや少なからず親交はあっただろう。

いろんな感情がない交ぜになっているはずだ。

「……大丈夫か？」

そんな言葉を投げかける。

しかし、やはり返事はない。

ただ一心不乱に眼前を見ている。

(任務に没入しているか。考え事をしないだけマシだろうが……)

何かしらの原因で感情が溢《あふ》れれば、きっと止まらなくなる。

気持ちの整理はつけてから仕事に出向くべきだろう、とは思う。しかし、これは難しい問題だ。

「……まぁ、あまり気は揉《も》むなよ。ここら辺は探知魔法を使っている。敵はいないからな」

うるさくしすぎないようにサポートする。

ユイ単体でも領主達を殺せるかもしれない。ルイナもそれだけの期待をしているはずだ。

それでも俺を付けたのは確実性を増すためだ。

ならば、どうして。

単純な実力だけか？

いいや、それだけじゃない。

きっとユイの心理面も考慮してのことだろう。

俺がいることで余裕が生まれるはずだ。仮にユイが動かなくとも、俺が動けばなんとかなるかもしれない。そんな余裕を生ませるための。

◇

もうすっかり陽も暮れた。

人々は家に帰り、夜の街が賑《にぎ》わい始める頃合いだろう。

第三頭任の領地からは笑い声の一つもないが。

「死にかけの街だな……」

そもそも生きているのかさえ分からない。

光はぽつぽつと確認できるが、月が照らしていた方が街は明るいくらいだ。

「……」

ユイが平然と平屋の屋根へと登った。物音がひとつもない。さすがは元々隠密《おんみつ》部隊に所属していたと噂《うわさ》される実力者だ。俺も音を立てないように動こうとはするが、かなり疲れるな。

それから街を抜けて中心部に着く。そこには城と呼べるほどの大きな屋敷があった。

「あそこか」

「……」

ユイの足が一瞬だけ怯《ひる》む。

やはり彼女なりに緊張しているようだ。

「──行けるか？」

言葉で背中を押す。

距離でいえば短い。しかし、精神的には決して容易《たやす》くない道のりだろう。

「……ん」

ここにきて初めて返事をしてくれた。

覚悟は決まった……そう思っても良いのだろうか。

もし弱音を吐いたとしても、俺はそれを受け入れるつもりだった。しかし、ユイは進むつもりなのだ。ならば止めることもないだろう。

ユイが進み、俺は付いていく。

それは屋敷の中に入っても変わらない。

(……これは)

露ほども音がしない、一見すれば綺麗《きれい》な状態なままで廃墟《はいきよ》となったような場所。

しかし、探知魔法でかかった結果は違う。

俺たちを歓迎する用意はできているようだ。

「ユイ」

「……」

俺の一声と共にユイが小刀を抜く。

それから襖《ふすま》――アトウから教えてもらった東和国の扉――を横に開ける。

「ふんっ、来ると思っておったぞ」

第三頭任の領主が出迎えた。

華々しい恰好《かつこう》をしている。露出度が高めの色香を漂わせる風体だ。しかしながら、厚化粧をしていても分かるほど年齢を顔に刻んでいる。五十代といったところか。

周囲には手練《てだ》れの護衛が五名ばかり構えている。四方を襖に囲われているが、俺たちの方面を除いた三方の奥にまだまだ隠れている。

「……サカキ・コマ」

ユイが第三頭任の名を呼ぶ。するとサカキと呼ばれた女性が顔を歪《ゆが》ませて吐き捨てる。

「私の名前を呼ぶんじゃないよ、裏切り者の末裔《まつえい》が！」

女の怒号と共に側近が俺たちに斬り込む。

しかし、彼らは勢いそのまま俺達の横を通って倒れた。

ユイの小刀が残像で伝える。彼らを倒した、と。圧倒的な剣速だ。

「ふん、あんな小娘が良くも育ったねぇ。小汚く生き残りやがって。早いところ死体を見たかったから海を渡らせてまで人を送ったというのに」

「随分と口調が荒いな。ユイが何かしたわけでもないだろう」

「その小娘の血筋は生きているだけで罪なのさ！　死して償え！」

言って、襖に隠れていた兵たちが現れる。

「……俺たちがここに来たのはそんな下らない話のためじゃない。ただ神聖共和国の保護を受けてほしいんだ」

「はは！　この数を見て恐れをなしたのかい!?　バカ言っちゃいけないよ。――こいつみたいにねぇ」

言って、女が放り投げる。第三頭任に送り出した使者の一人を。あるいは使者だった肉塊の一部……首から上を。

交渉は決裂のようだ。話し合いの余地すらも与えてはくれない。

明確な敵意の証明が眼前にあった。

「……！」

俺よりも早く、ユイが護衛兵に刃をぶつける。

軽やかで止めようのない動き。ただそれは、俊敏さ任せの圧倒だ。

ユイほどの凄腕《すごうで》ならば経験則から相手の次の一手も分かるはず。反撃を避けずに受け流せば無駄に速く動いて体力を消耗する必要はない。しかし、今のユイの戦い方は速度で制しているだけだ。

それは正しくもあるが、どこか彼女らしくない。

ユイの戦いは数度しか見たことがないが、鮮やかで洗練された動きをしていたはずだ。

「なっ……なっ……！」

サカキの動揺が見て取れる。

ユイが兵を殲滅《せんめつ》した。

彼らが弱いわけではない。むしろ強い部類に入る。

だが、ユイは彼らを苦もなく凌駕《りょうが》する力量を持っていた。それだけのことだ。

「もう一度、問うぞ。保護領に下るか？」

もはや脅しだ。

それは自分でも重々承知している。

「──このクソどもがぁ！　父親だけでなく娘までも裏切るのかい！！！　どうしようもないクズが！　どうせ薄汚い仕事をして生きてきたんだろう!?　そんな穢《けが》れた豚が──」

ユイがサカキの首を刎《は》ねた。

止める気は……起こらなかった。

「次はどうする？」

「……」

ユイが死体を一点に見つめている。

俺の言葉は届いていないようだ。

彼女の脳内は任務どころではない、のかもしれない。

どうするべきなのだろう。

任務に集中させるべき、なのか。

「ルイナから何か聞いていないのか？」

ユイの肩に触れて、尋ねる。

そうしてようやく気を取り直したようだった。

「……ぁ」

ユイの振り絞った声がそれだった。

何もない、虚空を見つめながら懐から一枚のメモ用紙を取り出す。ちらりと中身が見える。名前と場所。きっとこれから『話』をつけにいく者達《たち》だ。

ひらり、と紙切れが落ちる。

ユイの手は――震えていた。

（……ユイ）

メモ用紙はルイナが念のために渡していたものだろう。

しかし、隠密行動をするのに普通は持たない。作戦の内容がバレるようなことがあってはならないからだ。

だから作戦前にユイも紙の内容をすべて頭に叩《たた》き込んでいたはず。

それでも持ってきて思い出そうとしたのは、きっと頭が真っ白になったから。

手の震えは……

（動揺か）

少しずつ、ユイの顔が青白く染まっていく。

感情が解凍されている。

「……が……ま……ん……」

風でもあれば掻《か》き消されそうなほど小さな声。

ひどく弱々しかった。

「やめとけ、我慢なんて」

こういう時にどうすればいいのか、分からない。

でも、ルイナならきっと。

そう思って取った行動が抱きしめる、だった。

「……！」

ユイが目を大きく広げながら俺を見上げる。

普段はうすぼんやりと目を開いているので、なんだか珍しいものを見た気分だ。

ましてや辛《つら》そうに涙を溜《た》めている姿なんて……一生見ることはなさそうだ。いや、見たくもないな。

「すまん、いやだったか？」

「あたた……かい」

ぎゅっと俺の胸倉を掴《つか》みながら、頭をうずめてくる。

「お気に召したのなら何より」

探知魔法で色々と集まってきているのを感じ取る。

面倒になる前に退散するとしよう。

「転移」

そう言って、ここに来るまでに通った森にユイを連れて移動した。

転移して、しばらく。ユイは離れることなく声をひそめて泣いていた。

彼女の涙が止まるまで小一時間はかかっただろう。

「勝手に判断した。ごめんなさい」

もう大丈夫そうだ。

そして、この謝罪はサカキとやらを殺した際の話だろう。傍《はた》から見れば独断専行だったからな。

まだ『説得』はできていたかもしれない。実際に彼女が保護領の話を承諾してくれれば、ソリアやルイナ達からすれば色々と便利だろうしな。

「大丈夫だ。おまえがやらなければ俺が殺していた」

そんな残酷な回答が出てくる。

……これは戦争だ。

私的な感情がないわけじゃない。ユイのために、もっと早く殺してやればよかったとさえ思う。

それが許されるだけの大義名分と理由はある。

それでも、自分に人間として辟易《へきえき》しそうになる部分が心のどこかにあった。

「……」

ユイが押し黙る。

なんとなく、考えていることは理解できる。

きっと彼女も私的な感情が入っていたから殺したのだ。

そこの整理がつかないのだろう。

「俺はユイは偉いと思うよ」

「……?」

ユイが俺の胸元で不思議そうに首を傾《かし》げる。

「俺は家族いないけどさ。大事な人が殺されたら、きっと皆殺しにする」

それは誇張のない真実だ。

そんな激しい感情を抑えることなんて俺にはできない。

素直な行動をとってしまう。

「だからユイは偉い。人を殺さずに思想を変えてもらおうってんだ。俺だったら思想を持つやつごと潰してしまいそうなのにさ」

俺の人格なんて下らないから、ユイがどれだけ立派かハッキリわかる。

「誰に褒められるわけでもないのに、よく頑張ってるよ。よく耐えている。今回のサカキの件だって必要な犠牲だと思う。薬を渡すための大事な犠牲だ」

自分でも、この言葉は都合が良すぎると思う。なんかの本で読んだ、どこぞの独裁者が使ってそうな言葉だ。

ユイを癒してくれるのなら、それでも良い。

「……どうして」

「?」

「どうして優しくしてくれるの?」

それは普通の女性と変わらない喋《しゃべ》り方だった。

これが彼女の素だったのかもしれない。

「……どうだろうな。親近感とか、かな。俺も孤児だったから」

でも。

家族を失った時の痛みは思い出せないでいる。

漠然とした喪失のみがあって、薄っぺらい言葉だったかもしれない。

ただユイの口元が緩んだ。

「そう……」

きっと、笑った。

断定できないのは、表情が変化したと思ったら顔を地面に向けてしまったのだ。顔が見えない。

好奇心から覗《のぞ》き込んでみたい欲求にかられながらも思いとどまる。

「ジード……ありがとう」

「ああ」

不意にユイが寄りかかってくる。

耳をすませば寝息が聞こえてきた。緊張が解けて眠ったのだろう。

任務中ではあるが、このまま寝かせておこう。

木にもたれさせる。

(さて、と)

ユイが落とした紙切れを拾う。

書いてあるのはターゲットとなる人物たちだ。

(魔力は喰《く》うが結界を張って……行くかな)

仮にユイに危険が及べば飛んでこられる。

それまでは俺が彼女抜きで動くとしよう。

◇

陽《ひ》が昇る。嫌でも時間をかけてしまったことが分かる。

だが、急いで来ただけあって、かなりの距離を踏破できた。

第一頭任領。

(やはりか)

探知魔法が正しければ、ここに全員がいる。

第三頭任のサカキの暗殺が発覚し、その後に第二頭任は即座に動いた。自らの護衛を引き連れて第一頭任の元に逃げ込んだのだ。

(事前に隠密《おんみつ》部隊が動くと察知していたのか)

思えばサカキも手勢を用意していたな。

彼女が倒されたことによって単独で迎え撃つのは無理だと第二頭任も判断したのだろう。

その行動力は別のところで使ってほしかったところだが。

(……城?)

第一頭任の待つ場所は屋敷と呼ぶには大きく、城と呼ぶには独特だった。

屋根には瓦があり、黄金色をした魚の置物が対になって左右にある。

これが東和国の城か。

頭任の間には序列がないと聞いていたのだが、第五と比べると規模感がまるっきり違う。

中にも黄金やプラチナで加工された宝物や巨大で緻密な絵が飾られている。建造物に使用されている石や木も質感が高級だ。

「一人か？」

ズシリとした重みのある声が届く。

すでに俺は囲まれている。そもそも、こいつに辿《たど》り着くには囲まれる他に選択肢がなかった。

「ああ。おまえは第一頭任のコグマだな？」

「……ふん」

返事はない。

だが、容姿の特徴はユイの落としたメモに書いてあった。

黒い髪に黒い瞳、鍛えられているであろう肉体。右目には切り傷がある。――すべて合致している。

隣にいる第二頭任も同様だ。

「てっきり、あの小娘もいるのかと思ったのだがな。的外れな仇《かたき》でも討ちに来たのではないのか？」

また問われる。

俺の質問には答えないのに、なぜ自分は聞いてくるのだろうか。

愉快な気持ちではない。しかし、ここには話し合いに来たのだから不機嫌にさせてはいけない。

「ここに来た目的は一つだ。神聖共和国の保護下に入り、薬を民衆に渡してほしい」

「──で、あの娘はどこにいる？」

また、俺の言葉は流された。

グッと堪《こら》える。

「……なぜ知りたいんだ？」

「決まっているだろう。やつらの罪を償わせる」

「やつらとは、ユイの家族か？」

「ああ、そうだとも。殺したはずの死体が消えていてな。晒上《さらしあ》げることもできなかったんだ。だから丁度良い。ユイを嬲《なぶ》り殺して晒す」

この場にいる全員が同意とばかりに口元を歪《ゆが》めて笑う。

「クズ共が」

伍式《ごしき》【激震《げきしん》】

俺を囲んでいる連中の意識を飛ばす。

多少は鍛えられた者のみが辛うじて膝を突いていた。

「なっ……なにを！」

コグマに近づいて頭を掴《つか》む。

「従ってくれないか？　おまえが黙って人形を演じてくれれば終わりなんだ」

「……ぁ」

さっきまではつらつとしていた顔が恐怖で慄《おのの》いている。

俺の言葉にコクリコクリと頷《うなず》いた。

「じゃあ神聖共和国の保護を受けるな？」

「わ、わかった。だから……こ、殺さないでくれ」

やけにあっさりと……

いや、これで良いんだ。

「じゃあ、これから神聖共和国とウェイラ帝国が構えている陣地に――」

「ハハハハハッ！　バカがぁ！」

コグマが刀を振る。

俺が目を離したタイミングで。

「最後に勝つのは正義だ！　次はあの小娘だ！　昔から第五のやつには腹が立ってしょうがなかった！　貴様ら生きて帰れるとおも――」

カタンっと、刃物の欠片《かけら》が地面に落ちる。

俺に触れて壊れてしまったコグマの刀の一部だ。

「――最後に勝つのは正義？」

良かった。

と、思う自分がいた。

こいつらだけは見過ごしたくなかったからだ。

ユイを侮辱して、傷つけた。こいつらに対する憎悪がはち切れそうだった。

(ああ、俺もクズだな)

自分でも笑ってしまう。

こんなやつだったか、俺は。

人の世に出てきて本性が現れたのか。それとも影響されてしまったのか。

「まぁ、俺は勇者でもなんでもないんだから、良いよな」

「――アアアァァァァァァッッッ！！！？？？？」

コグマの頭を持ち上げて、床に投げ捨てる。

ただそれだけのことだ。

それだけで息をしなくなった。

第二頭任も、気が付けば巻き添えになっていた。

ほとんど死んでいる。

ちょっと力を込めて人を投げただけ。

ただそれだけのことで、俺の手は得も言えぬ不快感に襲われた。

命を奪うことは初めてではないはずなのに。

（ユイを拾って、ソリア達《たち》に報告しないといけないな）

城が崩れる音を聞きながら、ポツンと寂しくそんなことを思っていた。

ただ心底思ったのは。

この場にユイを連れてこなくて良かった、ということだった。

きっと彼女が聞けば傷ついてしまっただろうから。

第三頭任の時だけで、それは身に染みて分かった。


「……ん」

背中から、のそりと身体《からだ》を動かす感触が伝わる。

ユイだ。

俺は眠ったままの彼女を背負いながら帰路についていた。

「起きたか。おはよう」

「朝……！」

すでに陽が昇っている。

任務のことを思い出したであろうユイが、背中で慌てている。

「大丈夫だ。もう終わったよ」

俺がそう言うと、ユイは静かになった。

「……」

しばらく間があった。

彼女の中で色々と考えが巡っているのだろう。

俺にだけ仕事をさせてしまった罪悪感や、眠ってしまった自分を咎《とが》めるもの。

「……どう、だった？」

ユイが最初に尋ねたのは結果だった。

「また話を聞いてもらえなくてな。ちょっと暴れてしまった」

「……——」

なにかを察した気配で、ユイが黙った。

それから肩を軽く叩《たた》いてきて「降ろして」と呟《つぶや》いた。

「疲れただろう？　もう少し休んでもいいんだぞ？」

なんて俺の言葉も聞かず、ユイが地面に立つ。

それから一歩先に出てから膝を曲げて背中を向けてきた。

「……どうぞ」

これが意味することは。

「今度は代わりにユイがおんぶをするって？」

「ん。私は十分」

思わず笑みがこぼれる。

その行動は安直だが、純粋だ。

これが彼女なりの、仕事をサボってしまった贖罪《しょくざい》だろうか。あるいは何かを察したための配慮だろうか。

「たしかに、ぐっすり寝ていたからな。はは」

「うっ」

俺が言うと、ユイが気まずそうに頬を朱色に染める。

いつもと違って表情が豊かだ。

「気持ちだけもらっておくよ。背負ってもらうほどヤワじゃないさ」

軽くユイの頭を撫《な》でてから先に進む。

……——嫌な感触が、また甦《よみがえ》る。

コグマらを殺した時の、生々しい不快感だ。

あれから、どうにも消えてくれない。

（なんなんだ。これは……）

命を奪ったことは数知れない。

人を殺したことだってある。騎士団時代には戦争にも加担していたし、最前線で戦ってきたのだ。

でも、それらの時とは何かが違う。

それが分からない。

「ジード」

ぎゅっ、と手が握られる。

ユイの柔らかい両手に包まれていた。

「——ありがとね、ジード」

ユイらしからぬ言葉遣いだ。

顔も、より一層赤らめている。

なんというか。可愛《かわい》い。

不意に気づいた。

(……手の不快感が消えた)

ああ、そうだ。

俺はあの時、明確な悪意で人を殺したんだ。

『こいつらを殺せる。良かった』

たしかに俺はそんなことを考えてしまった。

残酷で、残虐で、尊厳なんて言葉が過《よぎ》りもしない。きっとソリアが見ていたら激怒していた。それほど無慈悲なものだ。

「俺こそ、ありがとうな」

「?」

ユイが小首を傾《かし》げる。

なんで俺から感謝されたのか分からないのだろう。

ああ、別にそれでいい。

こんなことが知られたら恥ずかしい。

(ユイの「ありがとう」の暖かさは……あの時の悪意に免罪符を与えてくれた)

誰かを救えたのだ、という。

俺の中で一生消えることはない、悪意。帳消しにすることはできないが、それを許してくれる、免罪符。

「帰ろう。ソリアやルイナが待っている。あとフィルも。今の魔力の残りだと転移はできないが俺たちなら今日中には着く」

「……ん」

それから俺たちは横並びになって歩いた。

◇

帰路に着く道中。

ユイが口を開いた。

「私の家は大陸と交流を深めようとしていた」

それは俺に語り掛けているような独白しているような、そんな喋《しゃべ》り方だった。

しかし、やはりユイにしては珍しく流暢《りゅうちょう》に話している。

「実際に東和国で一番大陸に近い陸地にあったから、それも難しくはなかった。問題があるとすれば、それは他の頭任」

「その頃から外には頼らず、国の中だけで一致団結って感じだったんだな」

「ん。それでも両親は外交を進めようとした。たまに流れ着いてくる大陸側の漁船の人々の話が面白かったから」

「……だから殺されたのか？」

「そう」

ユイが頷く。

無表情のままだ。

暗くもなく、当然明るくもない。

だけど、なんとなくユイの感情は分かる気がした。

振り切れているのだろう。ある種の達観が彼女にはあるのだろう。それは悲壮な現実を辿《たど》った彼女だからこそ、逆に辿り着ける領域だ。

両親は死んだ。それはもう過去のことだ、と。

俺に語っているのは、誰かに知ってほしいからなのだろう。ユイの両親の話を。

「最初は少しずつ交流をしていった。歴史の話や、最近の時事ばかり。でも、そのうち技術提携が始まった。それがマズかった」

普通なら声のトーンが落ちても仕方のない話なのに、ユイは至って平静に過去を語り続けた。

「ちゃんと他の頭任にも提携の話はしていたはずなのに、裏では工作が進んでいた。――そして暗殺された」

「アトウ、か」

「あの頃は疫病も問題視されてなかった。風邪程度って認識だった。東和国だけで順調だった。……だから父の言動は腹心の彼でも看過できなかった」

当時のアトウを擁護するようにユイが言う。

きっと彼女は分かっているのだ。それらは全てが「仕方なかったこと」であると。到底許されることではない。だが、ユイは拘《こだわ》らないという選択をしたのだ。

不思議な感覚だった。

「ユイは恨まなかったのか？　たとえば誰かを殺そう……とか」

「思った」

素直な答えが返ってくる。

今の彼女の態度には似つかわしくない返答に意外感が一瞬だけ過る。

「でも、ルイナ様が暖かかったから良いかなって」

「ルイナが？」

「ぎゅって、抱きしめてくれる」

ユイが少し微笑《ほほえ》んで口にした。

……どうやら珍しいものを聞いてしまったようだ。

きっと家族を失ったユイにとって、ルイナの抱擁は得難いものなのだろう。忘れかけていた感覚を思い出すほどのものなのだろう。

「――それに、正しかった。両親の言うこと」

「正しかった？」

「悪くない。ウェイラ帝国も、ギルドも」

ユイが俺の裾を握る。

彼女の家族が進めていた交流のことを言っているのだと分かった。

「それは良かったよ」

本当に、良かったと思った。

◇

「なぁ、ユイ」

俺達《たち》は東和国を見渡せる山にいた。

道が整備される前は中々辿り着けない秘境だったそうだ。

ここに来れば東和国を一望できる。

第一頭任の城を破壊してしまったせいで東和国にあった唯一の詳細な地図が無くなってしまった。そこでこの場所から測量を行うそうだ。

俺たちはその護衛のようなものになる。

ただ観光と言われても変ではない、綺麗《きれい》な景色ではあるが。

「なに？」

ユイが静かに返事をした。

いつも通りの彼女だ。

「おまえが滅ぼしたい『和』ってやつは、そんなに悪いものなのかな」

「……」

目は合わせてくれない。

それでも耳を傾けてくれているのは確かだった。

「俺たちが任務から帰って一日や二日、ルイナがすごい勢いで局所を制圧したよな。でも抵抗勢力がたくさん現れた」

彼らは頭任や主要幹部殺害を大義に、一般民衆を扇動して戦おうとした。

ルイナからすれば予想通りだったそうだ。

それでも、抵抗勢力の士気は際限なく高まっていた。決して容易《たやす》い敵ではない。

「――結局、やつらは戦わなかった」

誰が言い出したのか、それは分からない。

だが、確実に言えるのは剣や槍《やり》を放棄したやつが現れ出した、ということだ。

ソリアの渡す薬が効くと分かると、この戦いが無意味であることを悟りだしたのだ。

その波は広がっていき、扇動していた者たちも諦めた。

「そこには『和』があったんじゃないのか？　血を流さずに済んだのは、おまえの嫌いな思想なんじゃないのか」

「……」

ユイの表情から考えを読み解くことはできない。

奥歯を噛《か》みしめることも、眉間にしわを寄せることも、瞼《まぶた》を狭めることもしない。一切の機微を見せないのだ。

だから俺は分からない。

ユイが俺の言葉をどう思っているのか。

おそらく久しぶりになるであろう故郷の大地に足を踏みしめている彼女が、なにをしたいのか。

「――ジードさんの言う通りです」

不意に背後から声がかかる。

ソリアだ。

隣にはルイナもいた。

きっと首脳で集まって、この東和国を一望できる場所で今後の話し合いでもしていたのだろう。

ここにはアトウや第四頭任が来ていることは事前に聞いていた。

「『和』とは同調圧力を別の表現にしたものと思われがちですが、厳密には違います。これは東和国の特別な言い回しで、人と人との心が自然に通じ合うといった温かい意味を持つ言葉でもあるのです。そしてそれは東和国だけのものではありません。私たちの中にも少なからず存在しています」

凛《りん》とした顔でソリアがユイを捉えた。自らの胸に手を当てて、ソリアが訴えかけている。

「まぁ聖女の言う通りだな。どんなものにもメリットやデメリットがある。ユイや家族が被った損害は、そういった『和』のデメリットだ。――とはいえ、おまえが滅ぼしたいのなら滅ぼしても構わないさ」

それがユイの願いなら――。

ルイナは部下に褒賞を躊躇《ためら》いなく支払う。それは何度も何度も聞いている。

ユイはこれまでルイナに多大な貢献をしてきたのだろう。だからルイナも一国丸ごとの人間の考え方を変えるなんて無茶な真似《まね》だってするはずだ。

「……それはダメです。私たちの目的は保護にあります。保護するために必要なら些少《さしょう》の犠牲は厭《いと》いません。が、それは過剰です。許されるものではありません」

「いいや、私が許す」

「ルイナ様……！」

ソリアとルイナの意見は対立しているようだ。

俺からすればどちらの意見も理解はできる。

当のユイは佇《たたず》んだまま東和国を見つめていた。

たとえ彼女がどんな選択を取ろうとも、俺は。

「……――ユイ様……ですか？」

ふと、ユイが呼ばれる。

振り返ると、数名の見知らぬ顔が遠慮がちに身体《からだ》を縮めていた。

身にまとう衣服を見れば東和国の民だろうと察しがつく。

「……ああ……良かった……！　生きていらしたのですね……！」

「我らは亡き御父上《おちちうえ》を敬っておりました！　どうかこちらへ！　ここならば近い！」

彼らが先導して歩み始める。

全員が喜色を浮かべ、目じりに涙を溜《た》めていた。

「行ってみよう、ユイ」

何があるのか分からない。あるいは罠《わな》である可能性も否めない。

それでも嬉《うれ》しそうな顔をする彼らが嘘《うそ》をついているようには思えなかった。

「……ん」

ユイが頷《うなず》き、俺達は突然現れた人々に付いていく。

整備された道を一歩でも外れればかなりの秘境だというのに、彼らは臆することも迷うこともなく進んでいく。どうやら見知った土地なのだと分かった。

「……着きました！」

すぐに開けた場所が見えた。

彼らの一人が言っていた『ここならば近い』は、この場所を指していたのだろう。

秘境で、何があるのか。

（――石？）

三つ、大きな石が並べられている。

その石には文字が刻まれていた。

ムラクモ・ミナト　ハナネ　トツサ

（ああ……名前だ）

誰の？

ユイを見れば分かる。

頬に涙を伝わせている彼女の顔を見れば分かる。

第一頭任が言っていた。

『殺したはずの死体が消えていてな』と。

ここにいたのだ。

彼女の家族はここで眠っていたのだ。

「こんな辺鄙《へんぴ》なところで申し訳ありません。でも、俺たちは弔いたくて……！」

「たとえムラクモの一族が蔑まれようとも、我らはこの墓を手入れしておりました。我らだけではありません。どこから聞きつけたのやら、方々から沢山の人が参っておりました」

「我らの胸にはミナト様にお教えいただいた『和』がありました。だから東和国がどんなにひどい状況にあっても、希望を捨てずにいられたのです」

「ミナト様の掲げた『世界中の人と手を取り合うための和』こそ、我らが理想です！」

その屈託のない笑みは純粋なもので。

どれだけユイの家族が慕われていたのか良く分かるものだった。

「……ぁぅ……」

大粒の涙がユイから止めどなく零《こぼ》れ落ちる。

ついには弱々しく墓石に寄り掛かった。

肩を震わせるユイの頭を、ルイナが軽く撫《な》でた。

「私の胸ではないのか。すこしだけ妬《や》けるじゃないか」

なんて、ルイナが小さく笑いながら。

その光景はどこか優し気なものだった。

◇

しばらく後、落ち着いてから、東和国の今後についてが話し合われた。

ウェイラ帝国は支配を訴え、神聖共和国は保護を望んだ。

反抗した頭任らはウェイラ帝国が倒した。俺はどちらの陣営にも参加せずに完全に個人で動いていたが、事実上はウェイラ帝国の計画に沿って動いていたことになる。ゆえに東和国を制圧したのはウェイラ帝国であると。

しかし、神聖共和国はウェイラ帝国の支配を許そうとはしなかった。たしかに保護領の打診は断られていたが、それでも神聖共和国が主導して東和国の自立と再興を促したい、ということだった。

話し合いはかなり難航すると思われていた。だが、アトウと第四頭任が来て話は一転した。

「――じゃ、東和国は神聖共和国と同盟を結んで自治をすることになったのか？」

「はい。そうなります」

俺はソリアから一連の流れを聞いていた。

ウェイラ帝国の支配でもなく、神聖共和国の保護でもなく。

彼らは自治という道を選んだそうだ。

そこに縛りはなく、あくまでも独立国として今後の復興に努めていくそうだ。

「しかし、よくウェイラ帝国も諦めてくれたな」

「ジードさんは東和国に来る前の海戦を覚えていますか？」

「ああ、覚えているよ」

「私は詳しくは見ていませんでしたが……東和国の海軍は大陸でも別格の力を持っていました。ウェイラ帝国にはその技術力を提供することで話をつけたようです」

「あれか」

魔法を吸収したり跳ね返したりしていたやつだ。なかなかに面白そうなものだったが、ルイナはそこまで興味を惹《ひ》かれたのだろうか。

「でも東和国を支配できれば技術もゲットできるんじゃないのか？　ルイナが諦めるとは思えないが」

「第四頭任の方が交渉上手でして。それに海軍の技術はアトウさんの第五頭任領のものなんですが、彼が『支配をされるくらいなら秘伝の技術書ごと爆死してやる！』と」

「はー……すごいな」

そういえばユイの家族を手にかけた件でも突っ走っていた。彼はそういう人柄なのだろう。

「じゃあ後はルイナが約束をしっかり履行するかどうかだな」

「その点に関しては大丈夫かなぁ、と。私たち神聖共和国も目を光らせてしますし、彼女も不義理な条約破りはしないはずです」

「そういうもん……なのか」

なんだかルイナには残虐で冷酷なイメージがある。

いや、それも話してみて少しだけ変わったか。とくにクエナのことを気にかけていたのは意外だったし。

まぁ、ソリアが言うのであれば問題ないだろう。俺にできることもないしな。

「じゃあ神聖共和国もそれで良いのか？　保護領にするって話はなくなったようだが」

「東和国が再起不能と考えていたからこそ、保護領の件を打診しました。しかし、彼らなら大丈夫でしょう。疫病を克服した今、東和国の立て直しが行われています。計画書を見たのですが凄《すご》いんですよ。たとえばですね――」

とても楽しそうにソリアが語る。

人々が幸せになっていく姿を見るのが、想像するのが楽しいのだろう。

心の裡《うち》に色々と抱えているものはあるのだろうが――

俺は心底、そんな彼女を『聖女』らしいと思った。

◇

――ユイは東和国をこのまま保護してくれ、と頼んだ。

思想を滅ぼしてほしい、という思いは微塵《みじん》もなくなっているようだった。

ソリアもルイナも、ただユイの考えを尊重した。

「実を言うとな。俺はユイがどんな選択をしても支持するつもりだったんだ」

今は月が明るい時間帯だ。

隣にはルイナとユイがいる。

「そうだろうとも。おまえはそういうやつだ」

ルイナが楽しそうに笑って頷く。

どういうやつだ……？

いまいちルイナが俺に抱いているイメージが分からない。

「きっとソリアも……否定はするが力ずくで止めにかかることはしなかった、と思う」

「ああ、あれも家族を失ったと聞いている。ユイの痛みも分かるだろう。だからこそ、ユイのした選択がいかに立派であるかも理解したさ」

ルイナがユイの頭を軽く撫でる。

ユイは嬉しそうに口元を緩めていた。

俺達《たち》から彼女に送る小さな称賛だ。傍《はた》から見れば侵略失敗と捉えられるだろう今回の戦い。その裏で悩みながら戦い抜いた彼女は表立って称賛されることはないだろう。

だからこそ、俺達が褒めるのだ。

「――ところで。俺はなんで呼び出されたんだ？」

そう。

この場に俺やユイ、ルイナがいる理由。それは俺が彼女たちに呼び出されたからだ。

理由はまだ告げられていない。

「おお、そうだったな。なんだ、私は付き添い程度だから気にするな。モテ男くん」

ルイナがしなやかな手を俺の肩に回してきた。

モテ……男くん？

その呼び名のダサさは議論の余地があるが、それよりも先にユイが殺気立った目で俺を見ていることの方が気になった。

「……何かしたか？　俺」

まるで今にも俺を殺しそうな眼付《めつ》きだ。相当な覚悟がある。

今までの行動を振り返ってみる。が、ユイを怒らせるような言動をした覚えはない。

ついにユイの口が開かれた。

「――す……き……！」

……咄嗟《とっさ》には、頭が追い付かなかった。

す、き。

なるほど。

（……なるほど）

言葉通りの意味なら、そうか。なるほど。

「……あ……ああ」

やばい。うまく舌が回らない。

衝撃が強すぎる。

なんだ、ユイのその顔は。

顔を真っ赤に染め上げて可愛《かわい》い。いつもの冷たい声とは違う、羞恥に震えた小さな弱々しい声。

いやいやいや、おかしいだろうそのギャップは。もはや犯罪だ。取り締まってくれ誰か。

ドキドキが止まらない。

「どうなんだ、ジード？」

ニヤニヤしたルイナの整った顔が横から覗《のぞ》いてきた。

息を呑《の》む。

（そういう……ことだよな？）

ユイの「すき」は『好き』ってこと。

それもきっと男女的な意味での好意を伝えられたのだ。

「いや、おかしいだろうっ!?　たしかに東和国に来てから色々あったけどさ……！」

「ああ。今まで否定されてばかりのユイを認めてくれたし、辛《つら》い仕事も一人で引き受けて

くれたそうじゃないか。そしてトドメに『ユイがどんな選択をしても支持するつもりだった』ときた。色々ありすぎるな？」

ルイナがめちゃくちゃ楽しそうに言う。

なんだこれ。前のようなハニートラップ的なものなのか？

いや、ユイの顔を窺《うかが》うに真摯に受け止めなければいけないものだろう。それだけ可愛い
――いや真面目な顔つきだ。

でも、でも。色んな言い訳ばかりが思いつく。

ユイと一緒にいた時間は長くない。そこまでユイのことを知っているわけでもない。

ここで俺が好意を伝えたら……？

不意にクエナとシーラの顔が浮かんだ。――ああ、ダメだ。

「……悪い。時間を……もらえないか」

気持ちの整理が追い付かない。

今まで人との関りがあまりなかった。

禁忌《きんき》の森底《しんてい》で暮らして、騎士団に捕まって。それが人生の大半だったんだ。

接し方が分からない。

情けない言い訳だ。ユイは覚悟をしてくれていたのに。

「……ん」

ユイが静かに一言頷《うなず》いた。

それから踵《きびす》を返す。

愛想をつかされただろうか。

「動転しているだろうからユイの今の気持ちを教えてやろう。『いつまでも待ってる』だぞ」

ふふ、とルイナが俺の鼻先をつついてきた。

なんて気配りができるんだ……。

それからルイナがユイの後を付いていく。そして、くるりと振り返って不敵に笑う。

「ああ、そうだ。ユイは側室だからな。——正妻は分かっているよな？」

何度も聞いているからな……そりゃ何となくは想像がつく。

ルイナも自信があるようで、俺への問いかけには答えを聞かずして去って行った。

◇

それから眠るために戻ろうという道すがら、ソリアと出会った。

「ジードさんっ」

「ソリア。ひとまずはご苦労様って感じで良いのか？」

「まだまだ色んなやることがありますが……ジードさん、本当にありがとうございました」

ソリアが深々と頭を下げる。

そう畏《かしこ》まられると気まずいな。

「いや、力になれたのは移動くらいだろう。それ以外は協力できていたかどうかすら……」

頭を過《よぎ》るのはルイナ達の姿だ。

俺はむしろウェイラ帝国側に加担していたようにすら思える。もちろん、そんなつもりはない。だが、結果的に見れば怪しいところではある。

「そんなことはありませんっ。きっと私たちだけでは東和国の人々を説得できませんでした。今もウェイラ帝国が大人しくしているのもジードさんがいるからです!」

両手をグッと握りしめて、ソリアが熱弁する。

役に立ったと言われるのは素直に嬉《うれ》しいな。

「そうか。いつも大変そうなソリアの助けになれたのなら幸いだ」

「大変だなんて! 私はただジードさんのお隣に立てるよう、相応《ふさわ》しい行いをしているだけですから……!」

ぶんぶんと両手を恥ずかしそうに顔の前で振り回す。

いちいち挙動が忙しくもあるが、そういうところも可愛くなるのはズルいな。

「隣なんて言わず、俺からすればソリアは上にいる存在に思えるけどな」

少し苦笑いをしてしまっただろうか。

だが、それは自分を卑下するものではなく、素直な俺のイメージだ。

「そっ、そんな……私なんかがおこがましいです……！」

ソリアが完熟したリンゴのように赤らめた顔を両手で隠す。

「いや、本当に。だって想像もできないんだ。ソリアが何をしているのか。人々を癒して施して……たくさんソリアの話は聞くが、どれも凄《すご》すぎてな」

彼女の力量は果てしないものだと感じ取っている。

それは魔法的な意味合いだけではない。人徳や、彼女を想《おも》う人々……フィルなんかが正にそうだろう。

「わ、私は……ジードさんのお傍《そば》にいるのに……相応しいでしょうか……？」

ソリアが指の隙間から可愛らしい目を覗かせながら、おどおどと問うた。

「むしろ、ソリアの傍にいられるのなら光栄だよ」

こうしてカリスマパーティーとして一緒にいられることは誉れだろう。それは世間をあまり良く知らない俺でもよく分かる。

「……！」

ボッという擬音が聞こえてきそうなくらい、ソリアは指先まで恥ずかしそうに赤くした。

それから処理が追い付かなくなったのか、しばらく静かに固まっていた。

「そ、そそそそ、そんなっ！　わ、私のほうが……！」

喋《しゃべ》り出したと思えば、またそんな挙動不審な言動に戻っていた。


そうやって、しばらくソリアと話していた。ようやくソリアの調子が戻って平然と話し合えるようになった頃。

「……ジードさん。いつか話さなければいけないと思っていました」

ソリアが口を開いた。

それはかなり重苦しい雰囲気で、どうにも茶化せるような類の話ではないことだけは分かった。

「リフ様から言われていたことがあります。ジードさんは女神アステアから勇者に選ばれ、私は聖女に選ばれるかもしれない……と」

「へぇ」

そういえばスフィが言っていた。

彼女の持つ聖剣が俺に反応していた、と。ここに来る前はシーラに預けていってしまったが。

それはどうやら昔の勇者のものらしいのだ。

俺にも勇者の適性がある、と。

「――そして、その時はジードさんと私もギルドを辞めろ、と言われました」

「なっ……どうして？」

「理由は明かしてはくれませんでした。しかし、リフ様が言うのであれば恐らく何かしらの考えがあるのだと思います」

「俺は単純だから、忙しくならないよう配慮してくれてたんだと思いそうだが……」

ソリアが残念そうに首を横に振る。

「きっと、それだけではないでしょう。リフ様の黄金色の瞳は……まったく別の世界を映している時があるんです」

別の世界。

ソリアが言うのであれば、俺の見えていないものが確かにあるのかもしれない。

「案外、適当なことを言っているだけかもしれないぞ」

なんて、言ってみる。

あいつは面白半分で何かをしでかしそうなところがある。

だから今回の件だって……。

「リフ様はかつて勇者パーティーの『賢者』であった方です。それも歴代で最強と言われていました。なんの考えもなしとは思えません」

「……――まじか」

何気に初めて知った情報だ。

そういえばあいつ自身のことを調べてはいなかった。というより、自分が所属しているからこそ、ギルドについて知るのを後回しにしていた。

あいつが……賢者か。

「私の方でも調べてみてはいますが、よく分かりませんでした。……なので仕方ありません――ジードさん」

ソリアが控えめに。

しかし、しっかりと口を開ける。

「もしも私たちが勇者と聖女になったのなら、その時は一緒に世界を平和に――……！」

「ソリア様ー！」

後方から声がかかる。

フィルだ。

「むっ、なんだ。ジードもいたのか」

「いたら悪いのか？」

「そんなことはない。今回の一件ではご苦労だったな」

むすっと頬を膨らませて、ぶっきらぼうに言ってくる。

どうにも、いつぞやの来訪からずっと不貞腐《ふてくさ》れているようなのだ。俺はなにもしていないというのに。

「ああ、おまえもな」

「それで、フィル。どうしたのですか？」

「ああ、実は薬に関する質問を受けまして。今よろしいですか？」

「わかりました。行きましょう」

フィルに連れられて、ソリアが踵を返す。

「――ソリア」

行こうとする彼女を呼び止める。

「は、はいっ」

「世界の平和とか漠然としたことは分からないけどさ。これからも何かあったら呼んでくれよ」

彼女の活動には心惹《ひ》かれるものがある。

だから、こうして呼ばれるのは少しだけ嬉しいのだ。

俺が言うと、ソリアは嬉しそうに頷いた。

「はいっ。お傍にいられる者として――遠慮なく呼ばせていただきます」

満面の笑みで、彼女はそう応えた。

夜だというのに、イヤリングがキラリと輝いていた。


朝。

テントの素材から薄明かりが入り込むため、目覚めるとすぐに分かった。

俺はもう東和国に用事はない。だから今日で帰るつもりだ。

(……なんか依頼あるかな)

寝ぼけ眼で冒険者カードを弄《いじ》る。

緊急の依頼も指名の依頼もないようだ。

ならば何か面白そうな依頼でもないか、探してみようとして――

【特報】という文字が流れてきた。

そこにあったのは俺の名前だ。【勇者】という文字の隣にあった。

(……神託……勇者……)

文字を読むにつれて、次第にぼやけていた頭が覚醒していく。

どうやら、つい先ほど神託があったようだ。

魔王が誕生してもいないのに、女神のお告げが下り勇者パーティーが発表されたらしい。

勇者は俺だそうだ。

(リフ達《たち》の予想通りか……)

ふぁぁ、とアクビが出る。

女神も酔狂なことだ。俺は何もしていない、勇者とやらが具体的に何なのかも分かってもいない男だというのに。

そんなことを思いながら、ふと目に付く。

『――――【聖女】スフィ』

そこにはリフ達だけでない。

俺の予想とも違った名前が記されていた。

スフィは真・アステア教を設立した少女だ。俺に聖剣を託した少女でもある。

……俺と昨晩話した少女ではなかった。

「ジード！」

ノックすらなく――ドアがないため声掛けでも良いのだが――テントの出入り口が開かれる。

入ってきたのはフィルだった。

「どうした、騒がしいな」

「ソリア様を見なかったか!?」

俺の迷惑そうな訴えかける目を全く気にかけず、フィルが騒々しく問うてくる。よほどの緊急事態であることが窺《うかが》えた。

「いや、知らないな。何かあったのか？」

「どこを探しても見当たらないんだ。……ニュースは見たか？」

「ニュースっていうと女神の神託のやつか？」

「ああ、それだ。ソリア様も確認されただろうと思い、心配になってお顔を見に行こうと思ったんだ。そしたらどこにもいないんだっ！」

「……そりゃ心配だな」

　フィルの表情は不安を湛《たた》えていた。

「邪魔したなっ！」

　居ても立ってもいられない様子で踵《きびす》を返す。ソリアがいそうな場所を探しに行くのだろう。

　そんなフィルの背を呼び止める。

「待て」

「なんだっ！　今は……――！」

「探知魔法にかかった。近くの海岸にいる」

「かっ、海岸!?」

　そんな場所になんで。フィルがそう言わんばかりの顔をする。慌てていても押し問答をする時間でないことだけは分かっているようで、顔に浮かべるだけで止《とど》めたようだ。

そんな彼女に手を差し出す。

「あの場所なら転移できる。魔力も回復したから二人分いける」

「……頼む！」

フィルが俺の手を握る。

それから視界が明転し――波の音が聞こえる場所に移動した。

切り崩されたような断崖の先は、果てしない海。その境界線上に――桃色の髪を激しくなびかせた可愛《かわい》らしい少女がいた。

「ソ、ソリア様！」

「……ソリア」

俺たちに気が付くと、ソリアが涙を流す。

無理に作っている笑みが、やけに痛々しい。

「……私……バカみたいでした……！　聖女になれると勝手に思っていました……！」

ニュースを見たようだ。

聖女になれなかったことに傷つき、ここまで来たと。

「あ、あれは何かの誤報です！　きっと聖女はソリア様が……！」

「いいえ、スフィ様は聖女に適格なお方です。アステア教の危機を救ったのは彼女。布教に熱心で女神さまの信頼も厚いのでしょう。……よくよく考えてみれば、それも当たり前です」

「ですが、大陸一の癒し手はソリア様以外にはいません！　ソリア様の活動だってスフィよりも……！」

「……いいの。私は別に聖女になれなかったことが辛《つら》いわけじゃないから」

ソリアが俺を見る。

俺の顔は——彼女にとってヒドく胸を痛ませるものらしい。ソリアの目が細められた。

「——ジードさんのお傍《そば》にいられると傲慢にも勘違いしていた。それをハッキリと突き付けられたのが苦しいんです……！」

ソリアがイヤリングを外す。

それはソリアが買ってくれた、俺とペアになるものだ。

「ごめんなさい、ジードさん。——私は付けるには値しないようです」

ソリアがイヤリングを海に投げ入れた。

——咄嗟《とっさ》に身体《からだ》が反応したのは何故《なぜ》だろう。

初めて海に入る。

ひどい濁流だ。呑《の》み込まれそうになる。身体が強張《こわば》って仕方がない。いや、これは水が俺の身体を圧《お》し潰そうとしているのだ。これが海の感触か。

息苦しさを覚えながらもソリアの投げ込んだイヤリングを見つける。拾ってほしそうに、目覚めの太陽の光を照らしていた。

ギュッと両手で握り込む。

(――あれ)

意識が遠のく。

海って苦しいんだな。

どうやって上がればいいんだ、これ。

(あ、やばい――)

命の危険を感じる。

本能が何とかしなければと騒ぐ。

どうすれば――いいんだ――……

突然、腕が力強く引っ張られる。

急速に海岸の上まで引き上げられた。

「バカ！　ただでさえ荒波なのに安易に海に入るな！　それに泳げないと言っていたろう!?」

フィルが引っ張ってくれたようだ。

濡《ぬ》れ鼠《ねずみ》のようにしてしまった。

「ジ、ジードさん……っ！」

ソリアが回復魔法を施す。

いつの間にか肺に溜《た》まった水が口の端から弱々しく吐き出てくる。

うまく言葉が紡げない。

「どうして……私にはそのイヤリングを付ける資格なんてないのに……！」

回復をしながら、ソリアが言う。それは尋ねているわけではない。ただ自分を戒めているように思えた。

今まで彼女は俺を目標にして頑張ってきたのだろう。

果てしないほど自分を律してきたのだ。だから、今回のこれもふとした切っ掛けがもたらした暴走だ。

「資格……なんていらないよ。俺はソリアが聖女じゃなくても……これを付けていてほしい」

「でも、私には……！」

「似合うんだ、これ」

「……！」

俺の言葉にソリアが目を見開く。

なんとなく彼女の言いたいことは分かる。付けない方が頑張れるのかもしれないだろう。

でも。

「ワガママ……だよ。ただソリアが付けていると良いなって思うから……付けていてほしいんだ。俺の隣にいるのに相応《ふさわ》しくないから付けないとか、悲しくなるから……止《や》めてほしい」

手に力が入らない。うまく手が上がらない。海って怖いな。

けど、ソリアはイヤリングをしっかり受け取ってくれた。

「……はいっ」

ソリアがイヤリングを付けた。

「――どう、ですか？」

「ああ、似合ってるよ」

俺の言葉に、ソリアは満面の笑みを浮かべた。

とても、とても可愛らしい顔だった。それだけで海に飛び込んだ甲斐《かい》があったというものだ。

それから冒険者カードを取り出して、弄《いじ》る。

「ジード、何をしているんだ？」

「辞退した」

「は？」

「……ジ、ジードさん。一体何を……？」

「――勇者」

「はぁぁぁぁ!?」

「な、なんですかー!?　わ、私に気を遣ったのならそんなことは……!」

「いや、勇者って色々と面倒くさそうだからさ」

ニッコリと笑って返しておいた。

迷惑をかけられたお返しだ。

彼女達《たち》の驚きは、しばらく続いた。

◇

東和国から帰還した。

ソリア達はまだ残るようだったので別れることになった。

（……なんだ？）

帰路についている間、ずっと人の視線が気になった。王都の中を歩いて宿に戻ろうとしている間も、だ。

彼らの眼差《まなざ》しには明確な敵意や侮蔑が込められている。中には殺意を感じるものまであった。

何か思い当たる節を巡らせてみる。

が、何も思いつかない。

(手は出してこないようだが……)

油断しているといきなり殴りかかってきそうだ。

あまりにも気味が悪い。

「あ、ジード……!」

不意に声が掛けられる。

シーラだ。隣にはクエナもいる。

クエナが俺を見るや否や慌てて駆け寄ってきた。

「ばかっ。はやく来て!」

手を握られて引っ張られる。

それからクエナの家にまで連れてこられた。

「ど、どうしたんだ?」

急な態度に驚きつつ問いかける。

かなり走ったのでクエナとシーラは肩で息をしている。だが、息を整えるよりも優先して俺のほうに口を開いた。

「あんた、勇者の話を断ったんだって!?」

クエナがそう聞いてきた。

その問いかけは半信半疑のよう。しかし、どこかありえないものを見るような眼差しだった。

「耳が早いな」

「私だけじゃないわよ！　勇者を断った話は世間に出回ってるわ！」

「うんうん。色んなところで噂《うわさ》されてるよ」

クエナの言葉にシーラが頷《うなず》く。

大して日も経《た》っていないのに随分と話が知れ渡っているな。

それだけ勇者に対する関心が大きいというわけだ。

「それで本当なの？」

クエナが真面目な表情で問う。

「ああ、本当だ」

「………………はぁ、やっぱり。ジードなら断っても不思議じゃないと思ったわ」

額に手を当ててため息をつかれた。

「勇者を断るジードも素敵っ！　私の中の邪剣さんも喜んでるよ！」

クエナとは反対にシーラは嬉《うれ》しそうだ。

禍々《まがまが》しい剣に喜ばれても良い気分になっていいか分からないが。

「なに言ってるのよ！　勇者を断ることがどれだけヤバいことか分かってるの？」

「ヤバいってなんの話だ？　断っただけだろう？」

「あのね……断ること自体は問題ない。問題は女神アステアの信者たちよ」

「アステアの信者？」

そういえば勇者は神託を受ける云々《うんぬん》と言っていたな。

神託を送るのが女神アステアであることは書物で読んだので知っている。

そして、そのアステアには数多くの信者がいる。真・アステア教の人たちが正にそれだろう。

そこには聖女に選ばれていたスフィも含まれるし、もちろんソリアもだ。

「信者の中には過激派もいるの。女神アステアの言葉は絶対と信じている人達よ」

「言葉？」

「訓戒とか、女神が降臨された際に発した言葉とか。そして……神託もそうよ」

「へぇ、なるほどね」

「神託を断ったやつはあんたが初めてだけど、かなり顰蹙《ひんしゆく》を買っているはず。ここに来るまでに襲撃されていないのが不思議なくらいよ」

「そこまでか？」

かなり不穏な言い方をしてくれる。

しかし、道中の人々の視線は今にも殺しにかかってきそうなものもあった。その辻褄《つじつま》がようやく合った。

「ええ、そこまでよ」

「でもシーラは普通そうだぞ？」

「この子は能天気だし、アステア信者ではないからね。信者じゃなかったら敵意まで持っている人は少ないかも」

クエナがシーラの頭に手を置いた。

シーラは「えへへ」と恥ずかしそうに笑って、続けて言った。

「私の神はジードだからっ」

「ブレないな……」

そこがシーラの良いところ、なのか。

「まぁ、私も女神アステアを信仰しているわけじゃないから別になんでもいい。けど、そうじゃない人もいるの」

「まぁ大体わかったよ」

クエナが危惧していることは俺を襲撃しようって輩《やから》がいるかもしれないって話だ。

それだけ神託が重要視されていることは理解した。

「『大体』だと危ないわ。人族では大多数の人間が女神アステアを支持している。獣人族だってそう。むしろ過激なのはあの種族よ」

「ああ、獣人族か」

よく見かける。人族と仲良くしている種族だ。ギルドの支部がいくつもあり、Sランクも多く輩出している。

高い身体能力と索敵能力など、戦闘面では魔族にも引けを取らない部分が多い。

「口うるさいかもしれないけど、勇者の話は考え直した方がいいかもしれないわ」

「……んー。でも具体的に勇者って何をするんだ？」

「魔王討伐……とか？」

「魔王？　いたっけ？」

フューリーが過《よぎ》る。

しかし、魔王が誕生した、なんてニュースは流れていない。それにフューリーは魔王になりたくなさそうだった。

「今はいないわね」

「えっ、いないの？　じゃあ、なんでなのよ？」

クエナの言葉にシーラが疑問符を浮かべる。

「分からないわよ。そもそも今回の神託は色々と異例なことが多すぎるの。本来、信託は魔王が生まれてから行われるものだったし。それに勇者を断るなんて話も初めて」

「あはは、すまん」

「すまんって……まぁ私はなんでもいいけど。それにソリア様よ。聖女は確実に彼女になると思っていたのに」

「えっ、ソリア様じゃないの？」

シーラが目を点にする。

どうやら本当に勇者に関しては興味ないようだ。

「ビックリするわよ。なんと聖女に選ばれたのはスフィ」

「えー！！！！！　私の慧眼《けいがん》すごいー！！！」

シーラが予想外の方向にビックリしてきた。

「慧眼って。あんた何かしたの？」

「パーティーに勧誘したじゃない！　私が！」

めちゃくちゃ自慢げに言ってくる。

いや、まあ確かにそうだけども……あれは場に偶然居合わせたスフィを勢いで誘っただけだろう……

「話を戻すけど、ジードは勇者になるつもりないの？　一応魔族とは戦争中よ。主にウェイラ帝国だけが暴れているのが現状だけど」

「まぁ、ないかな。変に忙しくなるのも嫌だし」

「そ。あんたがそれで良いなら私は別に良いわよ」

なんだかんだ言って、最後は俺の意見を尊重してくれる。それだけで本当に俺のことを心配していたのだと分かる。

「あ！　ならスフィから預かってた聖剣みたいなやつ返す？」

シーラが思い出したように言う。

「そういえばあったな。返しておこうか。どこに保管してる？」

「取ってくる！」

シーラが聖剣の元に行く。

だが、すぐに「アレー!?」という声が響き渡った。

それからバッとこちらの方に戻ってきた。かなり焦っている顔つきで。

「聖剣ないんだけどー！！！！」

まじか。聖剣ないか。

特別章

みんなが集まったので遊んでみよう

The Slave of the "Black Knights" is Recruited by the "White Adventurer's Guild" as a S Rank Adventurer

4

ギルドではパーティーを継続するために更新手続きが必要になる。

そのため、俺はパーティーのメンバーと顔合わせをしていた。それも、所属しているどちらのパーティーとも。

俺から見て右にはクエナ、シーラ、スフィ。

俺から見て左にはソリア、フィル、ユイがいる。

「スフィさん、先日はどうもありがとうございました」

クゼーラ王都の冒険者ギルドから少し離れた道沿い。

往来が少ない場所でソリアが軽く会釈した。

「い、いえ！　こちらこそ、ありがとうございます！」

かなりの頻度で会っている様子のソリアとスフィは慣れた挨拶をしている。

『先日』が何の話か知らないが、彼女達《たち》の親しさは垣間見《かいまみ》えた。

それからソリアは俺の傍らにいる二人にも目を向けた。

「お久しぶりです、クエナさん。シーラさん」

「ええ、ども」

「……ど、ども」

クエナはぶっきらぼうに答えた。シーラはクエナを盾にするように、後ろで顔だけ出している。

なんだか「ま、まぶしい……これが聖女のオーラ……！」なんて口にしている。

ソリアの律儀な挨拶の番がいよいよ俺に回ってきた。

しかし、瞳孔が俺に向いたと思うと端にズレて、また戻ってきたと思ったら去って行く
……――。

最終的にフィルの後ろに隠れてしまった。

おそらく俺と一日二日離れるだけで彼女はこんなことになってしまうのだろう。

そんなソリアの動きにはもう慣れてしまった。

なんだか小声で「これがジードさんのオーラ……！」とか言っている。とても眩《まぶ》しそうに手までかざしているほどだ。

クエナの後ろで怯《ひる》んでいるシーラと似たものを感じた。

（さっきまで一緒に更新手続きしていたんだがな）

その時もてんやわんやの慌てようだったが、一緒に過ごした時間と落ち着きは比例してくれないようだ。

「しっかし、珍しい顔ぶれね」

クエナが全員の顔を見渡しながら続ける。

「真・アステアの筆頭司祭のソリア様に、その護衛で【剣聖】なんて呼ばれているフィル、それから今やウェイラ帝国の押しも押されぬ第一軍軍長ユイ。更新なんてギルドが勝手に

やってくれる面子《メンツ》でしょ……」

「そ、そんなことありませんよ。そちらだってAランク冒険者が二人もいらっしゃいますし、スフィさんだっていらっしゃるではありませんか」

ソリアが照れながら返す。

どちらもかなりの面子であることに変わりはない。

ちなみに彼女たちが俺を省いたのは、どちらにも所属しているからだろう。じゃなければ影が薄すぎて涙が出る。

「せっかくこうして集まれたのですから、皆さんと遊んでみたいですね」

不意に、スフィがそんなことを言う。

一瞬だけ静寂が訪れる。

「あ、じょ、冗談ですよ？　皆さんがお忙しいのは承知しているので！」

「いや、俺は大丈夫だよ」

「私も平気。シーラも予定はなかったわよね？」

俺に続いてクエナが手を挙げる。

それから背に隠れているシーラに視線を配った。

当のシーラは首を捻《ひね》った。

「うーん？」

「なにかあったっけ？」

シーラが俺を見る。

「ジードがいるなら予定なしかな」

「俺がいるなら……？」

「聞かない方がいいわよ」

クエナがくぎを刺してきた。

「いや、そんなこと言われると好奇心が湧いてくるんだが」

「はぁ……後悔するわよ」

クエナがシーラのポケットをまさぐる。

それから取り出したのは手帳だった。

「なんだ、それ？」

「ジード日記よ！」

シーラが大きな胸を張りながら堂々と答えた。

補足するようにクエナがぼそりと呟《つぶや》く。

「あんたのストーキング日記」

「スト……？」

クエナが手帳の中を開いて俺に見せてきた。

中は――俺に関する話で溢《あふ》れている。

俺が何を食べたとか、俺がどんな依頼を引き受けたとか。俺がいない時の部屋の状態まで隅々に書かれていた。

背筋が凍る。

思わずソリア達のほうに後ずさる。

「だから言ったでしょ。聞かない方がいいわよって」

「ああ……」

探知魔法を常時展開しておかなければ……

いや、むしろ今まで俺の目をかいくぐってきたシーラを褒めるべきだろうか。

ふと、背後にいるソリアが呟いた。

「まさか私と同じことをしているとは……」

と。

ソリアのポケットにも手帳が見えた気がした。

……もうこれ以上は掘り下げまい。

咳《せき》をする。

「それで、俺やクエナ、それからシーラは予定なしってわけだ。そっちはどうだ？」

「私とフィルも問題ありません。ユイさんはどうですか？」

「ん。ない」

今まで我関せずを決め込んでいたユイも頷《うなず》く。どうやら彼女も予定はないようだ。

まさかの全員が予定なしという結果になった。

「それで……なにで遊ぶ？」

「お、鬼ごっこ……とかでしょうか？」

予想外の結果になってしまったようで、スフィが困惑した様子で案を絞り出した。

「おお、良いね！　鬼ごっこ！」

シーラがワクワクしながら、

「そういえば子供たちが良くやっているのを見かけます」

ソリアは興味津々なご様子で、

「私はソリア様がやるのなら参加しよう」

フィルは相変わらずで、

「鬼ごっこって……まぁ良いんじゃない」

クエナもあながち悪くなさそうに、

「ん」

ユイは何であろうと頷いていたような感じで。

「じゃあ……鬼ごっこするか」

「わ、わお――……」

まさかの本当に決まってしまった。

これには提案したスフィもびっくりしていた。

◇

場所を変えて、王都から更に外れた場所に来た。

今、俺たちは山菜や薬草が取れる森にいる。魔物は出現せず、獣たちも草食ばかりで危険は皆無に等しいので安全だ。

とはいえ、彼女達ならば多少の危険があっても問題ないだろう。

「それで鬼はどうする？」

シーラが張り切った様子で問いかけてきた。

ちなみにルールはここに来るまでの道中でシーラが説明してくれた。

「ジャ、ジャンケンはどうですか？　初めてやるんです！」

ソリアも乗り気な様子だ。

初めてやる遊びに興奮気味になっている。

「じゃあ、ジャンケンで！　いくよー！　さいしょはぐー！　じゃんけん――！」

ぽん
の合図でみんな一気に出した。

全員がパーだ。

——俺を除いて。

「俺が負けだから……鬼は俺か？」

瞬間。

全員が一斉に走り出した。

「ジードはマズい！　ソリア様、逃げますよ！」

「え、ええ！」

「ったく……なんでトップバッターがあんたなのよ！」

「わっほほーい！　私を追いかけて、ジード～！」

「きゃー！　あはは！」

しかたない。数えるか。

「じゅーう、きゅうー、はちー、なな―………いーち、ぜろ」

とりあえず数えて周囲を見渡す。

やはり誰も……あれ？

探知魔法はかけていない。魔法はルールで制限されているからだ。

だが、気配を感じる。

おかしいな。全員逃げたはずなのに。

(ん……?)

勢いよく後ろを振り返る。

いないか。

……いや。

目線を上げてみる。

すると、ユイが木からぶら下がっていた。

「……なにやってんだ、ユイ」

「バレると思わなくて」

なるほど、そういえばユイだけ逃げた素振りを見せていなかった。

存在を消す技量は高く、彼女の発言も傲慢とは言い難い。

「よいしょ。――タッチだ」

「ん」

まったく逃げる気のないユイの肩に触れる。

それからユイは木の葉に紛れて消えていった。

とりあえず俺も彼女に倣って木の上から様子を見てみよう。

ユイはそのまま物凄《ものすご》い速度で探索を始めた。

それからクエナを見つけたようだった。

「……だれっ!?」

「おそい」

ぱしーん！

良い音が鳴った。

「ひゃあっ!?」

ユイがクエナのお尻を叩《たた》いた。

きっと悪意はなく、ユイ的にもっとも狙いやすい場所がそこだったのだろう。

クエナはお尻を押さえながら、ユイのことを睨《にら》んでいた。

「わざわざお尻を叩かなくとも良いじゃないの！」

「……」

ユイはなんら言い訳をすることなく消えていった。

それからクエナは「もー……」とお尻を擦《さす》りながら獲物を探しに出かけた。

そしてシーラを見つけた。

「……鬼？」

シーラが訝《いぶか》し気《げ》に尋ねる。

確認手段がないため、そうやって聞くしかないのだ。

クエナは「うん」と隠す気もなしに頷いた。しかし、それから続ける。

「あんたが逃げ足速いのは知ってる。だから先に言っておくけど、もしも逃げたら――今夜のお風呂は熱湯にするわよ」

「……お、脅し!? それもう鬼ごっこじゃないわよ!」

「脅しちゃいけないってルールなんてないはずでしょ。さあ、観念なさい」

「ぐぬぬぬー!……ふっ。甘かったわね、クエナ」

シーラがキメ顔でクエナを見る。

「お風呂は――冷ませば良いのよ」

「……なっ!」

さっきから思っていたのだが。

なにを当たり前の会話をしているのだろう。

「あでゅー! クエナちゃんは大人しく他の人でも見つけること――べぅっ!?」

あ、転んだ。

足元の石に気づかず、シーラは足元が縺《もつ》れてしまった。

「ふぇぇぇーーーん! 痛いよぉーー!」

成熟しつつある女性とは思えないような声で泣く。まるで子供のようだ。

クエナが近づいて、そっとシーラに手をかざす。

それはまるでシーラに手を貸すようで――

「タッチ。じゃ」

――あっさりとシーラに鬼をなすりつけて去って行った。

どうやらクエナは初めからシーラを転倒させるつもりで意識を逸《そ》らしていたようだ。やりよるな。

「もーー、こうなったら全員捕まえてやるわよ！」

いや、全員は無理だろう。

一人捕まえたら鬼交代なのだから。

まぁ、それだけの意気込みということなのだろう。

そんなシーラが探すこと三分程度。フィルとソリアが固まっているところを見つけた。

「くっ、見つかったか。ソリア様は逃げてください！　あいつの手に触れたが最後、抗《あらが》うことはできないまま鬼にされてしまいます……！」

「そんなフィル！　あなたが逃げて！」

「……ちょっとちょっとー。ただの鬼ごっこなんだけどー……それに私まだ自分が鬼だなんて一言も口にしていないんですけどー」

「なんだ。鬼じゃないのか。それならそうと先に――」

ぴとり。

シーラの手がフィルに触れる。

「鬼だけど？」

にんまり。

シーラがしてやったりとばかりに笑った。

「くそおおおおー!!」

「フィ、フィル……」

鬼になってしまったフィルを、ソリアが痛々しそうに眺める。

「……ソリア様」

フィルもまた、ソリアを見た。

じり、っとソリアが後ろに下がる。

それを見たフィルがどこか恍惚《こうこつ》とした表情を浮かべた。

「フィ、フィル？」

「普段は守ってばかりですが……なにかこう、攻めてしまうのも悪くないですね」

じゅるり、とフィルが滲《にじ》みよる。

嫌な予感がしたのか、ソリアが踵《きびす》を返して全力ダッシュで逃げる。

木を使ったり、じぐざぐに移動したり。なかなか器用に立ち回っていたが、フィル相手ではどうしようもなく、捕まってしまった。

「ソリア様、申し訳ありませんー！」

フィルはそんなことを言いながら逃げていった。

「ふぅむ、捕まっちゃいましたか」

ソリアが悩ましそうな顔つきをする。

そりゃそうだろう。

フィルやユイは別格だし、クエナもシーラもAランクだ。俺も簡単に捕まってやるつもりはない。

と、なれば。

がさり

草木が揺れる。

「「あ」」

ソリアと声が被《かぶ》ったのは、スフィだ。

咄嗟《とっさ》にソリアが反応して走り寄る。しかし、スフィも察して逃げ出した。

「待てー！」

「あははー！　いやですー！」

かなり拮抗《きっこう》した追いかけっこが始まった。

見ていて和むものがある。
そうやって、俺たちの一日が過ぎ去っていった。

あとがき

第四巻です。お手に取っていただき、ありがとうございます。寺王です。

そういえば「寺王」という名前で思い出したんですが……

書籍化の打ち合わせの際に「なんてお呼びしたら良いですか？」と聞かれることが多々ありました。

察しの悪い私は（ん？「てらおう」か「じおう」ってことか……？）と勘違いしたのですが、これ「（外ではペンネームか本名か）なんてお呼びしたら良いですか？」ってことだったんですね。

あるいは「本名なんですか？」ってことなんですね。もしくは「現実の名前と区別しておきますか？」みたいな。

そりゃそうだ――……

だって、お会いする段階ではこちらの個人情報は全然お伝えしていませんからね。

基本的にウェブからメールのやり取りしかしていなかったですから。

もう彼これ一年以上前のことなんですが、やけにこの一件は脳裏に焼き付いています。

というか、お会いした編集者の方々に絶対聞かれていたので、何度も同じ過ちを繰り返していたんですね。

最終的にとある編集者の方に教えていただいたので分かりました。教えてくださって本当にありがたかったです。

さて。

由夜先生、今回も素晴らしいイラストをありがとうございます！　眼福すぎていつも目が潤っております！

担当編集さん、何度も同じ間違いをしてしまい、色々と不手際が多い私ですが、お付き合いいただいて本当にありがとうございます！

他にも関係各所の皆様には平伏する思いです……！

何よりも本作を読んでくださる皆様、お付き合い頂きありがとうございますー！

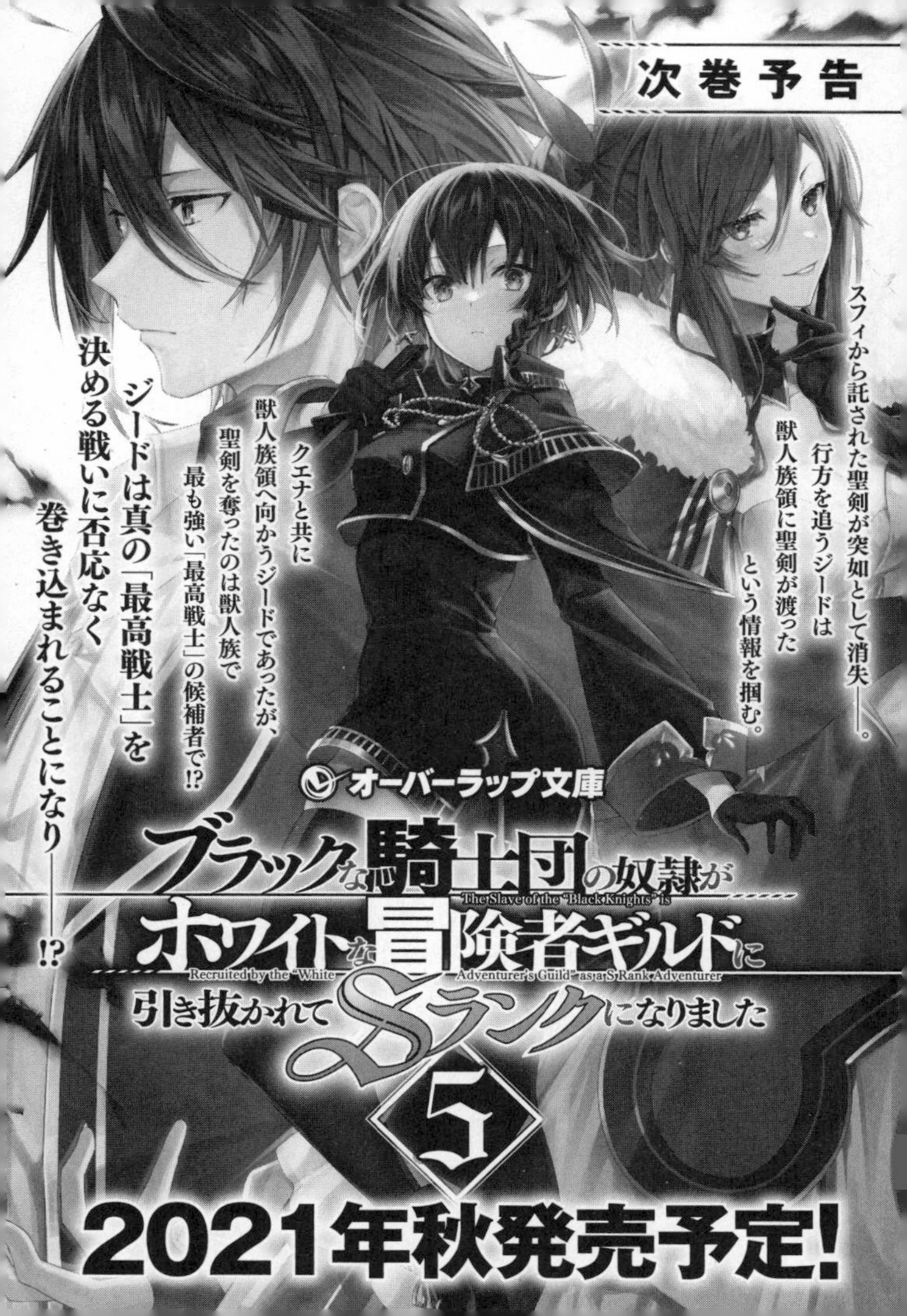
次巻予告
スフィから託された聖剣が突如として消失――。
行方を追うジードは
獣人族領に聖剣が渡った
という情報を掴む。
クエナと共に
獣人族領へ向かうジードであったが、
聖剣を奪ったのは獣人族で
最も強い「最高戦士」の候補者で⁉
ジードは真の「最高戦士」を
決める戦いに否応なく
巻き込まれることになり――⁉
オーバーラップ文庫
ブラックな騎士団の奴隷が
The Slave of the "Black Knights" is
ホワイトな冒険者ギルドに
Recruited by the "White Adventurer's Guild" as a S Rank Adventurer
引き抜かれてSランクになりました
5
2021年秋発売予定!

作品のご感想、
ファンレターをお待ちしています

あて先
〒141-0031
東京都品川区西五反田 7-9-5 SGテラス 5階
オーバーラップ文庫編集部
「寺王」先生係／「由夜」先生係

OVERLAP

ブラックな騎士団の奴隷がホワイトな冒険者ギルドに引き抜かれてSランクになりました 4

発　　行　2021年6月25日　初版第一刷発行

著　　者　寺王
発 行 者　永田勝治
発 行 所　株式会社オーバーラップ
〒141-0031　東京都品川区西五反田 7-9-5
校正・DTP　株式会社鷗来堂
印刷・製本　大日本印刷株式会社

Printed in Japan　ISBN 978-4-86554-935-5 C0193

第9回 オーバーラップ文庫大賞
原稿募集中！
イラスト：KeG
紡げ、魔法のような物語！
【賞金】
大賞…300万円
（3巻刊行確約＋コミカライズ確約）
金賞……100万円
（3巻刊行確約）
銀賞……30万円
（2巻刊行確約）
佳作……10万円
【締め切り】
第1ターン 2021年6月末日
第2ターン 2021年12月末日
各ターンの締め切り後4ヶ月以内に佳作を発表。通期で佳作に選出された作品の中から、「大賞」、「金賞」、「銀賞」を選出します。
投稿はオンラインで！ 結果も評価シートもサイトをチェック！
https://over-lap.co.jp/bunko/award/
〈オーバーラップ文庫大賞オンライン〉
※最新情報および応募詳細については上記サイトをご覧ください。
※紙での応募受付は行っておりません。